疫世界

2020～2021臉書截句選

選自「facebook詩論壇」

2019年7月～2021年6月

白靈 主編

【總序】
不忘初心

李瑞騰

　　一些寫詩的人集結成為一個團體，是為「詩社」。「一些」是多少？沒有一個地方有規範；寫詩的人簡稱「詩人」，沒有證照，當然更不是一種職業；集結是一個什麼樣的概念？通常是有人起心動念，時機成熟就發起了，找一些朋友來參加，他們之間或有情誼，也可能理念相近，可以互相切磋詩藝，有時聚會聊天，東家長西家短的，然後他們可能會想辦一份詩刊，作為公共平臺，發表詩或者關於詩的意見，也開放給非社員投稿；看不順眼，或聽不下去，就可能論爭，有單挑，有打群架，總之熱鬧滾滾。

　　作為一個團體，詩社可能會有組織章程、同仁公約等，但也可能什麼都沒有，很多事說說也就決定了。因此就有人說，這是剛性的，那是柔性的；依我看，詩人的團體，都是柔性的，當然程度是會有所差別的。

　　「臺灣詩學季刊雜誌社」看起來是「雜誌社」，但其實是「詩社」，一開始辦了一個詩刊《臺灣詩學季刊》

（出了四十期），後來多發展出《吹鼓吹詩論壇》，原來的那個季刊就轉型成《臺灣詩學學刊》。我曾說，這一社兩刊的形態，在臺灣是沒有過的；這幾年，又致力於圖書出版，包括同仁詩集、選集、截句系列、詩論叢等，迄今已出版超過百本了。

根據白靈提供的資料，2021年有6本書出版（另有蘇紹連創立主編的吹鼓吹詩人叢書兩本，不計在內），包括截句詩系、同仁詩叢、臺灣詩學論叢，各有二本，略述如下：

截句推行幾年，已往境外擴展，往更年輕的世代紮根，也更日常化、生活化了。今年有二本：一是《斷章的另一種可能——截句雅和詩選》，由寧靜海・漫漁主編；一是白靈主編的《疫世界——2020～2021臉書截句選》。

「同仁詩叢」有蘇家立《詩人大擺爛》，自嘲嘲人，以雜文筆法面對詩壇及社會，暗含一種孤傲的情緒。另有白靈《瘟神占領的城市》，除了寫愛在瘟疫蔓延時，行旅各地的寫作，或長或短，皆極深刻；有一些詩作，有畫有影相伴；最值得注意的是原稿檔案，像行動藝術，詩人把詩完成的過程向讀者展示。兩本詩集，我各擬十問，讓作者回答，盼能幫助讀者更清楚認識詩人及其詩作。

「臺灣詩學詩論叢」，有同仁陳鴻逸的《海洋・歷史與生命凝視》，活躍於吹鼓吹詩論壇的這位青年學者，勤

於筆耕，有詩文本細讀能力，亦擅組構綿密論述文本，特能進出詩人的詩世界。而來自香港的餘境熹，以《五行裡的世界史——白靈新詩演義》獻給臺灣讀者，演義的真工夫是披文以入情，詩質之掌握是第一要義。

詩之為藝，語言是關鍵，從裡巷歌謠之俚俗與迴環復遝，到講究聲律的「欲使宮羽相變，低昂互節，若前有浮聲，則後須切響」（《宋書・謝靈運傳論》），是詩人的素養和能力；一但集結成社，團隊的力量就必須凝聚，至於把力量放在哪裡？怎麼去運作？共識很重要，那正是集體的智慧。

臺灣詩學季刊社永不忘初心，不執著於一端，在應行可行之事務上，全力以赴。

【主編序】
疫／異／抑／殪的啟示

白靈

　　自2020年2月起，COVID-19的恐慌感開始蔓延全球，由蘇紹連創建、隸屬臺灣詩學季刊社的「facebook詩論壇」網站開始出現大量表達詩人憂心疫情的截句詩作：「罩天罩地罩不住驚恐的自己」「無罩比無照駕駛還嚴重／一罩難求成了另一種春怨」（2月2日，荷塘詩韻〈口罩〉）、「人命有被噬的恐怖／總跟人攀上飛機車船／竄走，色變全球」（2月3日，齊樂〈武漢肺炎病毒〉）。「色變全球」四字即是這兩年的最佳寫照。

　　「你問天空迷漫的病毒何時死去／樹的末端站著一隻麻雀／從白天叫到了夜晚」（2月4日，雲朵〈啊，何以廢言〉），雲朵說的這隻「麻雀」，或即暗指「吹哨人」——武漢的眼科醫生李文亮。他早於2019年12月30日在自己微信與同行交流，說「華南水果海鮮市場確診了7例SARS」，提醒朋友注意SARS再度出現，宜自我保護，此舉動招來轄區派出所因其「在網際網路上發布不實言論」而予以訓誡。後因其固守第一線工作，於1月10日左

右出現症狀，其後入加護病房，2月7日凌晨去世，年僅34歲，即使日後被表揚為烈士，也為時晚矣。2月9日沐沐在〈告別式〉三行截句中說：「他們撐開眼皮站著睡覺／他們撐開眼皮站著睡覺／唯獨躺著的那一位醒著」，前兩句重複，表示醉生怕死的人太多了，隨處即是，但「躺著的那一位醒著」的只有一個，即指李文亮。2月9日同一天施文志〈哨子聲〉說：「哨兵走了／下地獄的人／都聽到了／哨子聲」，無花則乾脆以〈李文亮〉為題：「那片土地最特異處／聽到哨聲的人／只是心中／默默又死了一個生人」，二詩皆具強烈批判性，顯現了「那片土地最特異處」迄今仍是世上最不透明、一大堆人平白默默憂抑死去的暗沉地區，令人不甚唏噓。

其後一大批詩人陸續表達了面對疫事的各自心境：「情感將兩岸隔離」「淚水將傷心隔離」「武漢將湖北隔離」（蘇榮超〈武漢。疫情〉）、「這個情人節／在說我愛你之前／請／戴上口罩」（2月14日，趙紹球〈愛在瘟疫中蔓延……〉）、「不安晝夜交替擰乾了詩句／滴不出一行甜言蜜語」（高原〈缺氧的愛〉）、這是「抱病的春天」（林沛〈醒著〉）、四處「肺聲肺影」（林錦成〈旅客〉）、搶口罩的日子「我們之間是否會有明天／由口罩決定」（玉香〈愛在苟延殘喘時〉）、但口罩其實是〈長方形的哀傷〉：「啃食身軀裡的日子」（劉梅玉）、很多

人只好〈祕密集會〉「打牌／吸進蛇形騷味煙圈」（李宗舜），但即使「呼嘯一聲／連暫棲的簷鳥都懶得理你」（餘響〈頹肺〉），封城封國使得「疫情凍結了時間／浪子怎麼回頭」（丁口〈出入境〉），因為「呼出一片天空／吸入一遍草原／竟是如此奢侈」（王勇〈防疫〉），這是「人聲頂肺」的時刻（玉香〈疫情〉），人人只好「開始學習水牛慢活」（謝情〈歲月靜好〉）。

其間竟連結婚或度蜜月都成奢侈事，「他們只能空躺在雲端上／探著現實的G點」（邱逸華〈疫情時代新婚夫妻的蜜月〉）。姚于玲乾脆把居家日子當作〈道場〉：「被病毒的刀削了髮／我們的頭／像寺廟裡難以安眠的木魚」以度日常。然則病毒並不因此消失，即使2021年開始「疫苗值得守候」（周駿城〈確診者〉），但「冠毒穿上壽衣／疫情刻好墓碑」隨侍在側（鳳嬌〈魔高一丈〉），打了疫苗的不少人強烈不適、有當天暴斃有隔月倒下、反而「逐漸將自己　等成／一罐骨灰」（呂白水〈新冠疫苗〉），結果更快速面對「焚化爐為你最後一次，唱名」（明月〈疫〉）。

這是奇「疫」流竄又詭「異」難測、如臨大戰般地空前壓「抑」世人且隨時可能令人肺「殪」的兩個年度。在編完這本區間兩年、實際前後跨三年（2019／7～2021／6）時間的截句選、寫下這篇編者序的2021年12月初的此

刻，covid-19仍沒完沒了地籠罩著地球。全球兩年得病的已超過2.65億人，迄今一天仍然增加71.8萬得疫者。死亡人數已達524萬，每日仍倒斃8800餘人。我們看到病毒從阿法到Delta到Omicron一路不斷突變，世人仍都活在程度不一的恐慌當中。這時候恐怕只有萬物及天地才稍得到短暫的休憩，地球的天空也比以前明亮了許多，這是一個奇異的時刻。很難想像其他生物竟都沒事，而只有人類活在非得「乖乖乞求疫苗」不可的日子當中。

漫漁在〈超人的內心OS〉則展示其灰色幽默：「這些自稱人類的傢伙／比病毒更毒還有臉抱著地球哭／幹！口罩都被搶完了／要怎麼出門拯救世界」（2020／2／14），那是口罩極度匱乏的現象，竟連超人想救人都無罩可出門。之宇則歌詠〈COVID-19〉的正面效果：「從這一天開始／智人把自己鎖進牢籠裡／讓地上走的天上飛的水裡游的／非萬物之靈 ── 得自由」，和權則乾脆借〈詩與風暴〉鼓勵躲入詩中：「詩　未能平息大風暴／阻止電閃雷鳴。卻讓你／內心趨向平靜」，遠距傳詩寫詩者暴增，成了世紀瘟疫的大景觀。

然則也有詩人把世事情事俗事與病毒聯想，這是過去詩題材中不曾見過的。比如無花〈手拍黃瓜〉：「日子仍在居家，得撐住那點綠意／一把糖醃漬生活的脆度／往最硬的地方拍下／一手決定疫情的大辣還是小辣」，這是

封城禁足居家、百無聊賴、且來下廚手拍黃瓜以自娛的趣
事。胡淑娟〈激情〉中說：「如病毒，緩緩浸潤肉身／喉
嚨喑啞／呼吸在溺水之間／心肺皆是玻璃的碎刺」，激情
之刺心刺肺、宛如小死，其身心劇烈震動之大可想而知。
張舒嵎〈無症狀單戀犯者〉：「即便是，嚴謹的居家隔
離！／也會情不自禁的無法自主管理／單戀是無可救藥的
高劑量病毒／是我對你提前佈署的　愛」，「居家隔離」
「自主管理」「提前佈署」等新詞用以形容單戀之「無可
救藥」真是貼切不過。侯思平〈我開燈，看亮一切〉：
「當武漢肺炎疫情沿街角竄升／當你告訴我全世界男人的
通病／當我們不再需要彼此磨蹭燃燒生煙／當我們無須藉
由體溫辨識唯一可靠的燃點」，是多少被鎖在家、日夜相
處的夫妻男女，當面對情感走岔時肌膚之親成了一大難
題，「男人的通病」成了作者撻伐的主題。而到了邱逸華
〈疫外的春天〉：「不再通勤的早晨／他們各自在封鎖線
上施肥／等三級的玫瑰盛開在四級的領地／他們便做完所
有春天的事」，「三級的玫瑰盛開在四級的領地」，有不
得不、勉強而為的嘲諷意味。高原〈愛在瘟疫蔓延時〉：
「無法被療癒的死穴／埋葬在心靈深處／午夜夢迴窺探心
扉縫隙／一朵春天插在鑰匙孔」，說得不清不楚，宛如春
夢或自慰之類，徒生讀者遐想。

　　詩人於此當下，用力擠著想像，搭起一條條危危顫顫

的橋，欲渡此險境，截句顯然成了捷利的便橋。從反送中
的香港事件到武漢肺炎病毒的吹哨人李文亮發現了大疫，
一路上「facebook詩論壇」的截句作者們緊盯著時代的齒
輪紋路，沿路跟隨，兩年下來少說發表了好幾百首跟疫情
有關的詩作，而各式題材的截句則超過七八千首，本冊雙
年份截句選從其中選了535首，疫詩則選了39首，其大觀
略如上述。「疫／異／抑／殪」四者同時發作，地球得以
短暫喘息，政經活動大震盪起伏、詩人藝術工作者因繭居
而得以深度自我探索、省思人類與萬物的關聯，這是百年
未曾有過的大疫所給予人類的啟示。

　　近五年出現在臺灣詩壇的四行內「截句體」或五行內
「微詩體」是承百年小詩、繼古典絕句傳統之精神而來。
自2017年初在「facebook詩論壇」上興起「截句風潮」，
已出版了四十餘本截句詩系，還有三本臉書截句選，包
含：《臺灣詩學截句選300首》（2017出版，選自2017年1
月至6月底發表於臉書網頁及截句競寫作品）、《魚跳：
2018臉書截句選300首》（2018年出版，2017年7月至2018
年6月底）、《不枯萎的鐘聲：2019臉書截句選》（2019
年出版，選自2018年7月至2019年6月底）。本冊《疫世
界──2020-2021臉書截句選》是第四本選集，此是繼前
三本之後的兩年（2019年7月1日至2021年6月30日）所
選，時間範疇是按往例承其時間先後而編，分為四輯，後

附作者索引。

　　轉眼截句形式在「facebook詩論壇」上持續受到關注已長達五年，發表了超過二萬多首截句，當大家逐漸習慣這種書寫形式時，就已獲得諸多詩友某種程度的認同。這樣的截句形式若有更多詩友參與、願意繼續熱情書寫，此類選集理應會繼續編下去，熱烈歡迎更多愛詩人積極參與。尤其2021年寧靜海和漫漁主編的《斷章的另一種可能——截句雅和詩選》之出現，將雅和傳統拉入當今時空，迴響出人意表，截句風潮將越來越熱鬧。

目　次

【總序】
不忘初心／李瑞騰　　　　　　　　　　　　　　　003

【主編序】
疫／異／抑／殪的啟示／白靈　　　　　　　　　006

輯一｜2019年7～12月截句選

7～8月截句選

您把黑色的絲線穿過時間的針孔／李瘦馬　　　　042

人生風波／和權　　　　　　　　　　　　　　　042

你，素面朝天　閃光的碎片在飄　迷失的方向在飄
邊飄，邊自言自語。／西馬諾　　　　　　　　　043

椅子／李瘦馬　　　　　　　　　　　　　　　　043

秋風／語凡（新加坡）（Alex Chan）　　　　　　044

陀螺和霜淇淋／殷建波　　　　　　　　　　　　044

夏日風雲／曉嵐　　　　　　　　　　　　　　　045

手機短訊／語凡（新加坡）（Alex Chan）　　　　045

淋浴／澤榆　　　　　　　　　　　　　　　　　046

生機／海角　　　　　　　　　　　　　　　　　046

有沒有一艘願意載我／聽雨　　　　　　　　　　047

長髮／語凡（新加坡）（Alex Chan）　　　　　　047

畢業後／熊昌子　　　　　　　　　　　　　　048

不／吳康維　　　　　　　　　　　　　　　048

傘／語凡（新加坡）（Alex Chan）　　　　　049

中秋／黃士洲　　　　　　　　　　　　　　049

汗血寶馬／和權　　　　　　　　　　　　　050

讚美／劉金雄　　　　　　　　　　　　　　050

一隻燕子無聲飛過／李瘦馬　　　　　　　　051

大哉問／杜文賢　　　　　　　　　　　　　051

回音／胡淑娟　　　　　　　　　　　　　　052

臨老／邱逸華　　　　　　　　　　　　　　052

眉清目秀　在風中微笑　駐足一步一景。／西馬諾　053

吾愛／林錦成　　　　　　　　　　　　　　053

囿
——雅和紅紅〈廢墟〉、花花〈想妳〉、新新〈門窗〉、
　澤榆〈時候〉、宇正〈妳的〉／寧靜海　　　054

詩壇其實很有趣／高原　　　　　　　　　　054

無非／杜文賢　　　　　　　　　　　　　　055

魅／杜文賢　　　　　　　　　　　　　　　055

沒有埋怨／和權　　　　　　　　　　　　　056

雷射筆／無花　　　　　　　　　　　　　　056

有一種愛／紅紅　　　　　　　　　　　　　057

流言／許哲偉　　　　　　　　　　　　　　057

師徒／沐沐　　　　　　　　　　　　　　　058

香港2019之二／Antonio　　　　　　　　　058

遊行／語凡（新加坡）（Alex Chan）　　　　059

愛／靈歌　　　　　　　　　　　　　059

路途／朱介英　　　　　　　　　　　060

瀑布／曉嵐　　　　　　　　　　　　060

處世／靈歌　　　　　　　　　　　　061

催淚彈／許哲偉　　　　　　　　　　061

隔空的時間　接受烏雲擱淺
切片的時間　重生於水的黑暗。／西馬諾　062

老大哥在看你／許哲偉　　　　　　　062

雨中人／靈歌　　　　　　　　　　　063

秋月／曉嵐　　　　　　　　　　　　063

祕密／玉香　　　　　　　　　　　　064

9～10月截句選

九月／麗格　　　　　　　　　　　　066

我們內心都有黑暗／靈歌　　　　　　066

一個人的夜色／靈歌　　　　　　　　067

眾生／施文志　　　　　　　　　　　067

永夜／杜文賢　　　　　　　　　　　068

影子之十／施文志　　　　　　　　　068

落葉／曉嵐　　　　　　　　　　　　069

謊言／遊鍫良　　　　　　　　　　　069

鏡子／玉香　　　　　　　　　　　　070

好日子／王勇　　　　　　　　　　　070

雲雨／王勇　　　　　　　　　　　　071

燭／澤榆　　　　　　　　　　　　　071

心之亡／Sky Red　　072

風／王勇　　072

候鳥夫妻視訊時間／邱逸華　　073

特效藥／玉香　　073

虛度／漫漁　　074

老宅／王錫賢　　074

打禪機吧／澤榆　　075

情婦／許哲偉　　075

葬禮（二）／石墨客　　076

詩句的驟生驟逝／徐紹維　　076

窗外／許哲偉　　077

戲／麗格　　077

名嘴／林廣　　078

那檔事／劉金雄　　078

夯　一　夯／瘦瘦馬　　079

鄉愁／施文志　　079

國慶日
——雅和桑青截句〈冰箱教會我的事〉／無花　　080

鴿子的言論／紅紅　　080

轉世／漫漁　　081

無關／杜文賢　　081

萬家燈火／默京　　082

墓誌銘／和權　　082

絮根／Chamonix Lin　　083

中年／無花　　083

連儂牆／胡淑娟　　　　　084

起秋了／寧靜海　　　　　084

對比／胡淑娟　　　　　085

分／漫漁　　　　　085

人／宇軒　　　　　086

絕
──雅和漫漁〈分〉截句詩／寧靜海　　　　　086

得獎者／許哲偉　　　　　087

該如何是好／玉香　　　　　087

自然的臉書／Sky Red　　　　　088

迷失／曉嵐　　　　　088

無花／無花　　　　　089

小丑／紅紅　　　　　089

蚊子的舞臺蚊生／李宜之　　　　　090

因果／施文志　　　　　090

鯨魚／趙紹球　　　　　091

11～12月截句選

放大鏡／施文志　　　　　094

虞美人／侯思平　　　　　094

防火牆失控／高原　　　　　095

頭條／鐵人　　　　　095

開槍／許哲偉　　　　　096

觀光客／無花　　　　　096

願／胡淑娟　　　　　097

僧人／許哲偉　　097

風骨／徐紹維　　098

我是活著的／漫漁　　098

故鄉的保存方式／劉梅玉　　099

違／漫漁　　099

星辰／Linda　　100

隱疾／胡淑娟　　100

對峙／胡淑娟　　101

吸管／玉香　　101

疲／漫漁　　102

苦愛／Gloria Chi　　102

冷／蕓朵　　103

徹夜無眠／和權　　103

秋日閒愁／劉金雄　　104

默哀。自由／鐵人　　104

老婆說，不要再讀詩了／瘦瘦馬　　105

走出的記憶／黃士洲　　105

革命／胡淑娟　　106

嘉年華／曾美玲　　106

詩是掛在窗前的月亮／瘦瘦馬　　107

軍閥與詩人／許哲偉　　107

無解／李昆妙　　108

禁詩簡史／邱逸華　　108

許願池（之二）／王勇　　109

靜物／無花　　109

夜未眠／Chamonix Lin　　　110

分手／蘇榮超　　　110

寒帶樹／澤榆　　　111

別字／胡淑娟　　　111

愛情考古題／龍妍　　　112

關於閃電的故事／吳添楷　　　112

年少輕狂／高原　　　113

竹林／和權　　　113

雨中坐／木子　　　114

歲月如金／帥麗　　　114

釀海的石頭／桑青　　　115

歲月／玉香　　　115

倒數／薆朵　　　116

輯二 ｜ 2020年1～6月截句選

1～2月截句選

瀑布／王仲煌　　　120

一棵樹的志願／漫漁　　　120

光讀詩題就覺得很管管
——公車上讀管管百分百詩選
　《燙一首詩送嘴，趁熱》／瘦瘦馬　　　121

床／黃士洲　　　121

靜海／陳子敏　　　122

果然／李宜之　　　　　　　　　　　122

影子／王勇　　　　　　　　　　　　123

天堂和地獄／和權　　　　　　　　　123

孩子說我的髮叢，藏著白髮／瘦瘦馬　124

老花／林伯霖　　　　　　　　　　　124

有些對比是無法避開的／林廣　　　　125

墨鴉／王婷　　　　　　　　　　　　125

年，夜／紅紅　　　　　　　　　　　126

擁擠的空虛／漫漁　　　　　　　　　126

今晚妳把自己褪成一片月色／瘦瘦馬　127

活著真好！／和權　　　　　　　　　127

多情阿伯／高原　　　　　　　　　　128

單戀／高原　　　　　　　　　　　　128

口罩正妹／高原　　　　　　　　　　129

一宿到天亮／黃士洲　　　　　　　　129

口罩／荷塘詩韻　　　　　　　　　　130

庚子年春妝／李宜之　　　　　　　　130

武漢肺炎病毒／齊樂　　　　　　　　131

口罩／許哲偉　　　　　　　　　　　131

啊，何以廢言／蕓朵　　　　　　　　132

封城／黃士洲　　　　　　　　　　　132

口罩／玉香　　　　　　　　　　　　133

武漢封城／林沛　　　　　　　　　　133

理性與感性／高原　　　　　　　　　134

告別式／沐沐　　　　　　　　　　　134

哨子聲／施文志　　　　　　　　　　　　135

【臺華雙語截句】夢的幼語（臺語）／柯柏榮　　136

　　　　　　　夢的絮語（華譯）／柯柏榮　　136

李文亮／無花　　　　　　　　　　　　　137

【臺華雙語截句】安平劍獅（臺語）／柯柏榮　　138

　　　　　　　安平劍獅（華譯）／柯柏榮　　139

武漢。疫情／蘇榮超　　　　　　　　　　140

【臺華雙語截句】暗戀（臺語）／柯柏榮　　141

　　　　　　　暗戀（華譯）／柯柏榮　　141

愛在瘟疫中蔓延……／趙紹球　　　　　　142

超人的內心OS／漫漁　　　　　　　　　　142

愛在瘟疫蔓延時／高原　　　　　　　　　143

沒入寂靜／陳培通　　　　　　　　　　　143

壁虎／文靜　　　　　　　　　　　　　　144

最簡單／石秀淨名　　　　　　　　　　　144

黑／溫智仲　　　　　　　　　　　　　　145

地圖上星星　相框裡的臉
容納來自　大海的薄荷般的歎息。／西馬諾　　145

她說喜歡雨／文靜　　　　　　　　　　　146

廢言與謊言／丹夢君　　　　　　　　　　146

口罩／仲玲　　　　　　　　　　　　　　147

魔高一丈／鳳嬌　　　　　　　　　　　　147

下雨的屋子／文靜　　　　　　　　　　　148

封殺／漫漁　　　　　　　　　　　　　　148

標準作業流程／邱逸華　　　　　　　　　149

月兒彎彎／和權　　　　　　　　　　　　149

【臺華雙語截句】古蹟（臺語）／柯柏榮　　150

　　　　　　　　　古蹟（華譯）／柯柏榮　　150

紀念／無花　　　　　　　　　　　　　　151

失戀／沐沐　　　　　　　　　　　　　　151

銅像／許哲偉　　　　　　　　　　　　　152

3～4月截句選

同學會木棉花季／林錦成　　　　　　　　154

【臺華雙語截句】揣夢（臺語）／柯柏榮　　155

　　　　　　　　　尋夢（華譯）／柯柏榮　　155

證書／漫漁　　　　　　　　　　　　　　156

報時鳥／許哲偉　　　　　　　　　　　　156

公車位／玉香　　　　　　　　　　　　　157

滅跡／澤榆　　　　　　　　　　　　　　157

缺氧的愛／高原　　　　　　　　　　　　158

微塵／和權　　　　　　　　　　　　　　158

西征／張顯廷　　　　　　　　　　　　　159

旅客／林錦成　　　　　　　　　　　　　159

久別重逢／高原　　　　　　　　　　　　160

存在／澤榆　　　　　　　　　　　　　　160

剪（三）／賴文誠　　　　　　　　　　　161

言論自由／王勇　　　　　　　　　　　　161

茶葉蛋之二／王勇　　　　　　　　　　　162

叼春天喉韻的貓／黃士洲　　　　　　　　162

加密保護／七龍珠　　　163

含笑／王勇　　　163

醒著／林沛　　　164

堅強／鳳嬌　　　164

劫匪／施文志　　　165

愛在病毒蔓延時／漫漁　　　165

愛在苟延殘喘時
——雅和Peilin Lee〈愛在病毒漫延時〉／玉香　　　166

激情／胡淑娟　　　166

詩與風暴／和權　　　167

危機／忍星　　　167

稻子／玉香　　　168

妳的，我的，我們的，吻／瘦瘦馬　　　168

甜味／沐沐　　　169

長方形的哀傷／劉梅玉　　　169

討厭的詩人／邱逸華　　　170

封城醉／語凡（新加坡）（Alex Chan）　　　170

自然定律／姚于玲　　　171

突圍／王勇　　　171

形容瘦／施文志　　　172

上升，以極快速度　啜飲一個人
從時間眼裡掏出孤墳　緩慢蓋過
被點亮的張望。／西馬諾　　　172

迷路的詩／林廣　　　173

回憶三疊／胡淑娟　　　173

惦記／李宜之　　　　　　　　　　　　　　174

開心／鳳嬌　　　　　　　　　　　　　　174

無症狀單戀犯者／張舒嵎　　　　　　　　175

COVID-19／之宇　　　　　　　　　　　175

道場／姚于玲　　　　　　　　　　　　　176

反應者／七龍珠　　　　　　　　　　　　176

月光可以在臉頰看到被重型戒指
輾過的轍跡／黃士洲　　　　　　　　　　177

越靠近就越遠離的你／漫漁　　　　　　　177

祕密集會／李宗舜　　　　　　　　　　　178

海難
──病毒隱匿在甲板的縫隙躲避群聚感染／無花　　178

穀雨記事／荷塘詩韻　　　　　　　　　　179

婦道／邱逸華　　　　　　　　　　　　　179

歲月靜好／謝情　　　　　　　　　　　　180

強光／李宗舜　　　　　　　　　　　　　180

晚景／忍星　　　　　　　　　　　　　　181

5～6月截句選

垂死的父親和他的兒子們─1／瘦瘦馬　　184

頹肺／餘響　　　　　　　　　　　　　　184

失智／心鹿　　　　　　　　　　　　　　185

油麻菜籽／侯思平　　　　　　　　　　　185

美人／和權　　　　　　　　　　　　　　186

黃昏／胡淑娟　　　　　　　　　　　　　186

海底隧道／漫漁　　　　　　　　　187

有一種絕望／心鹿　　　　　　　　187

失眠／張舒嵋　　　　　　　　　　188

海的聲音／謝情　　　　　　　　　188

鵝頸橋／紅紅　　　　　　　　　　189

凋謝前就這樣愛／邱逸華　　　　　189

午夢／文靜　　　　　　　　　　　190

希望是日子手裡的一把刀／聽雨　　190

身後詩／無花　　　　　　　　　　191

真話／文靜　　　　　　　　　　　191

看守所／劉金雄　　　　　　　　　192

癡／語凡（臺灣）（Michael Tsai）　　192

時鐘不睡／桑青　　　　　　　　　193

紙風車／仲玲　　　　　　　　　　193

蚊子的控訴／胡淑娟　　　　　　　194

懷‧想／余問耕　　　　　　　　　194

異地戀／文靜　　　　　　　　　　195

窗簾／七龍珠　　　　　　　　　　195

我開燈，看亮一切／侯思平　　　　196

無事一身輕／侯思平　　　　　　　196

讀者／銀子　　　　　　　　　　　197

怒氣／陳瑩瑩　　　　　　　　　　197

悲傷的重量／桑青　　　　　　　　198

輯三 ｜2020年7～12月截句選

7～8月截句選

瞭望　留下長串省略號
潔白　動詞裡的光。／西馬諾　　　　　　　　　　202

同學會／澤榆　　　　　　　　　　　　　　　　202

有糖衣包著的北屯兒童公園／黃士洲　　　　　　203

月胡／王勇　　　　　　　　　　　　　　　　　203

咳嗽／王勇　　　　　　　　　　　　　　　　　204

歲月／李昆妙　　　　　　　　　　　　　　　　204

歲月突襲
——雅和李昆妙〈歲月〉／忍星　　　　　　　　205

尋根／王勇　　　　　　　　　　　　　　　　　205

拔牙／銀子　　　　　　　　　　　　　　　　　206

拔牙／雪赫　　　　　　　　　　　　　　　　　206

垃圾車／文靜　　　　　　　　　　　　　　　　207

馬齒徒長／呂白水　　　　　　　　　　　　　　207

翻書／王勇　　　　　　　　　　　　　　　　　208

打臉／王勇　　　　　　　　　　　　　　　　　208

杯墊／玉香　　　　　　　　　　　　　　　　　209

一袋詩人／瘦瘦馬　　　　　　　　　　　　　　209

常常會被美麗的外物所吸引／瘦瘦馬　　　　　　210

幽人獨杳／胡淑娟　　　　　　　　　　　　　　210

你的眸子／陳培通　　　　　　　　　　　　　　211

一種動物／胡淑娟　　　　　　　　　　　　　　211

山外山／謝情　　　　　　　　　　212

歸航／張威龍　　　　　　　　　　212

文字發電／木子　　　　　　　　　213

所謂自由／漫漁　　　　　　　　　213

千丈雪／和權　　　　　　　　　　214

何謂民主
——雅和漫漁截句〈所謂自由〉／無花　　214

潮汐／胡淑娟　　　　　　　　　　215

思／鳳嬌　　　　　　　　　　　　215

天問／和權　　　　　　　　　　　216

老態／John Lee　　　　　　　　　216

稍縱即逝／吳詠琳　　　　　　　　217

逝水／謝情　　　　　　　　　　　217

詩泣／許廣燊　　　　　　　　　　218

荒蕪／丁口　　　　　　　　　　　218

月光是打坐的蒲團／項美靜　　　　219

我們的島／季閒　　　　　　　　　219

臺詞／施文志　　　　　　　　　　220

走過之後／張威龍　　　　　　　　220

獨對落日／瘦瘦馬　　　　　　　　221

鞋櫃／綠喵　　　　　　　　　　　221

隔離／文靜　　　　　　　　　　　222

日常的必需／漫漁　　　　　　　　222

一道白色風景／淨芝　　　　　　　223

迷鷺／M　　　　　　　　　　　　223

9～10月截句選

喧囂／丁口　　　　　　　　　　　　　　　　　　226

七月／劉金雄　　　　　　　　　　　　　　　　　226

壹零壹因陽光的挑逗而變得堅硬／江彧　　　　　227

向日葵團友／聰雨　　　　　　　　　　　　　　227

天／心鹿　　　　　　　　　　　　　　　　　　228

睥睨視角／邱逸華　　　　　　　　　　　　　　228

魚腥味／聰雨　　　　　　　　　　　　　　　　229

死神／胡淑娟　　　　　　　　　　　　　　　　229

另類觀點／胡淑娟　　　　　　　　　　　　　　230

用四行寫一匹獨步的狼／瘦瘦馬　　　　　　　　230

風光／帥麗　　　　　　　　　　　　　　　　　231

沙漏／莉健　　　　　　　　　　　　　　　　　231

襯衫／陳瑩瑩　　　　　　　　　　　　　　　　232

秋／瘦瘦馬　　　　　　　　　　　　　　　　　232

山裏的星星／鐵人　　　　　　　　　　　　　　233

地震／綠喵　　　　　　　　　　　　　　　　　233

關關／許俊揚　　　　　　　　　　　　　　　　234

月光與遊子的眼睛發生口角／黃士洲　　　　　　234

不幸兒童度中秋／曾廣健　　　　　　　　　　　235

刁民／玉香　　　　　　　　　　　　　　　　　235

【臺語截句】窗仔，是厝的目睭／瘦瘦馬　　　　236

大體老師／雨靈　　　　　　　　　　　　　　　236

驚喜／丁口　　　　　　　　　　　　　　　　　237

駱駝穿針眼／和權　　　　　　　　　237

陷溺／邱逸華　　　　　　　　　　238

韓籍／綠喵　　　　　　　　　　　238

【臺語截句】我佮天頂的雲鉸落來／瘦瘦馬　239

只緣身在此山中／侯思平　　　　　239

失眠／曾廣健　　　　　　　　　　240

舊事／丁口　　　　　　　　　　　240

手機充電器／呂白水　　　　　　　241

閉關謝情／謝情　　　　　　　　　241

理想中的葬禮／無花　　　　　　　242

四十九／沐沐　　　　　　　　　　242

早安／李昆妙　　　　　　　　　　243

因為花才看見風的樣子／瘦瘦馬　　243

11～12月截句選

謊言／江美慧　　　　　　　　　　246

自閉／聽雨　　　　　　　　　　　246

裙下之臣／鐵人　　　　　　　　　247

安／呂白水　　　　　　　　　　　247

寫詩／呂白水　　　　　　　　　　248

誠實的詩與懷疑的你／文靜　　　　248

解衣／胡淑娟　　　　　　　　　　249

僅有的一件風衣／邱逸華　　　　　249

你睡著的側影有黑山的神祕
　──給熟睡的Y／文靜　　　　　250

純屬意外／無花　　　　　　　　　　250

腹／無花　　　　　　　　　　　　　251

敬遠／徐紹維　　　　　　　　　　　251

心跳停止的一剎那／王政賀　　　　　252

駝鈴／和權　　　　　　　　　　　　252

愛情／趙紹球　　　　　　　　　　　253

精神導師／侯思平　　　　　　　　　253

美好生命／徐紹維　　　　　　　　　254

恢復室／龍妍　　　　　　　　　　　254

貓叫春／綠喵　　　　　　　　　　　255

稿紙
──雅合林廣老師稿紙／李黎茗　　　256

稿紙／林廣　　　　　　　　　　　　256

【臺語截句】佇風中聽著鳥仔的叫聲／李瘦馬　　257

輯四｜2021年1～6月截句選

1～2月截句選

【臺語截句】月光情批／李瘦馬　　　262

窗。彷如沙漏／黃士洲　　　　　　　263

文字的尖叫／忍星　　　　　　　　　263

網事知多少／高原　　　　　　　　　264

曼波女郎／劉木蘭　　　　　　　　　264

死／心鹿　　　　　　　　　　　　　265

心臟復健／高原　　　　　　　　　　265

風／陳梅雀　　　　　　　　　　266

旅程／林廣　　　　　　　　　　266

出入境／丁口　　　　　　　　　　267

金門菜刀／林錦成　　　　　　　　　267

穿／邱逸華　　　　　　　　　　268

老巷／張威龍　　　　　　　　　　268

闊／邱逸華　　　　　　　　　　269

融雪的聲音／慕之　　　　　　　　　269

路延伸到哪裡　　就去哪裡
臀部上的風景　有的是時間。／西馬諾　　270

悲哀的火是虛幻／江彧　　　　　　　270

青春的容顏／侯思平　　　　　　　　271

如果綻開在明日的玫瑰無法擁抱今天天氣／無花　271

佇／李四郎　　　　　　　　　　272

死亡有勇氣把真相告訴你／黃士洲　　　272

日子／張威龍　　　　　　　　　　273

疫情時代新婚夫妻的蜜月／邱逸華　　　273

因為魚尾紋和夢同一顏色／林廣　　　　274

海與天／紅紅　　　　　　　　　　274

浪花／慢鵝　　　　　　　　　　275

女皇／春日鳥　　　　　　　　　　275

【小說詩】癡呆症／林廣　　　　　　276

3～4月截句選

忘不了／侯思平　　　　　　　　　　　　　278

車／語凡（新加坡）（Alex Chan）　　　　278

打呼／林廣　　　　　　　　　　　　　　279

鳥囀的鬧鐘／江彧　　　　　　　　　　　279

自由年代／文靜　　　　　　　　　　　　280

領悟／桑青　　　　　　　　　　　　　　280

眠／語凡（新加坡）（Alex Chan）　　　　281

吵／綠喵　　　　　　　　　　　　　　　281

透視／謝情　　　　　　　　　　　　　　282

緣／語凡（新加坡）（Alex Chan）　　　　282

站壁仔／高原　　　　　　　　　　　　　283

鎮壓／趙紹球　　　　　　　　　　　　　283

紙燈籠／林芎　　　　　　　　　　　　　284

花自美／李瘦馬　　　　　　　　　　　　284

牛欄／姚于玲　　　　　　　　　　　　　285

時鐘一直在安靜地走動　潮濕烏雲下
兇猛的裂變　潑灑下斑斕。／西馬諾　　285

我是一首詩／袁丞修　　　　　　　　　　286

高中生／林錦成　　　　　　　　　　　　286

牛肚／玉香　　　　　　　　　　　　　　287

群讚飛翔／徐紹維　　　　　　　　　　　287

晾不乾的日曆／江彧　　　　　　　　　　288

你的眼睛藏不住雲的鱗片／無花　　　　　288

蚊子／玉香　　　　　　　　　　　　289

發願／胡淑娟　　　　　　　　　　　289

【臺語截句】囡仔畫圖／李瘦馬　　　290

社畜／七龍珠　　　　　　　　　　　290

剪一匹海的藍絨布／李瘦馬　　　　　291

角色／聽雨　　　　　　　　　　　　291

分手時刻／呂白水　　　　　　　　　292

政治之假性交配／遊鍫良　　　　　　292

棉花／王勇　　　　　　　　　　　　293

掃墓／胡淑娟　　　　　　　　　　　293

時間彈力／胡淑娟　　　　　　　　　294

黑洞／無花　　　　　　　　　　　　294

公案／林廣　　　　　　　　　　　　295

山拳擊者／粉紅凱諦貓　　　　　　　295

生活／聽雨　　　　　　　　　　　　296

難處／綠喵　　　　　　　　　　　　296

COFFEE TIME／成孝華　　　　　　　297

雨中小紅花／和權　　　　　　　　　297

防疫／王勇　　　　　　　　　　　　298

心扉／張威龍　　　　　　　　　　　298

春水／許藍金　　　　　　　　　　　299

你我之間的截句／龍妍　　　　　　　299

許願板／無花　　　　　　　　　　　300

房思琪的初戀樂園／文靜　　　　　　300

寫詩／黃士洲　　　　　　　　　　　301

股市投資祕笈／沐沐　　　　　　　　　301

深夜食堂／侯思平　　　　　　　　　　302

有些人的自信／月半月半　　　　　　　302

小／邱逸華　　　　　　　　　　　　　303

5～6月截句選

覺悟／李瘦馬　　　　　　　　　　　　306

炒飯／邱逸華　　　　　　　　　　　　306

天機／胡淑娟　　　　　　　　　　　　307

前度／無花　　　　　　　　　　　　　307

現任
　——雅和無花〈前度〉／邱逸華　　　308

祝福／明月　　　　　　　　　　　　　308

給Y與自己／文靜　　　　　　　　　　309

不好意思／玉香　　　　　　　　　　　309

眼睛／曾廣健　　　　　　　　　　　　310

至愛／胡淑娟　　　　　　　　　　　　310

別離／明月　　　　　　　　　　　　　311

辛醜立夏／劉祖榮　　　　　　　　　　311

翻身／邱逸華　　　　　　　　　　　　312

留一條縫隙／忍星　　　　　　　　　　313

留一條縫隙
　——雅和忍星同題詩／玉香　　　　　313

行囊裡的落日
　——雅和白靈老師同題詩／李瘦馬　　314

大尺碼洋裝／無花　　　314

無題／項美靜　　　315

葉子往那飛／謝美智　　　315

抽象／王婷　　　316

疫情／玉香　　　316

過節／邱逸華　　　317

魚尾紋／林廣　　　317

荷必再來／謝美智　　　318

手拍黃瓜／無花　　　318

萬物生／無花　　　319

疫外的春天／邱逸華　　　319

當今世上／無花　　　320

ON
──雅和無花〈當今世上〉／漫漁　　　320

施工中／高原　　　321

寂靜／明月　　　321

悶。熱／張書峒　　　322

晾衫／無花　　　322

心鎖／高原　　　323

愛情易開罐／謝美智　　　323

生之截句
──雅和蕓朵老師同題詩／玉香　　　324

肉蒲團／謝美智　　　324

聽雨／木子　　　325

新冠疫苗／呂白水　　　325

往事／李宜之　326

年年有今日／建德　326

失題／和權　327

截句／夏蟲　327

魚尾紋
──雅和林廣老師同題詩／郭至卿　328

宅家小日子／和權　328

蝸牛／明月　329

銅像／胡淑娟　329

用花敞開一天的心情／劉祖榮　330

濤聲依舊／劉祖榮　330

縶情／趙紹球　331

詩人節／默山　331

綁縛術／紅紅　332

戀人／明月　332

井／龍研　333

地位／蔡永興　333

標準？／沒之　334

甩鍋　和確診者／沒之　334

確診者／周駿城　335

海市蜃樓／趙紹球　335

是日已過／龍妍　336

愛情絕句／余問耕　336

疫情耳鳴／凱遞貓　337

在午夜空曠的城市找尋端午／林廣　337

外送／邱逸華　　　　　　　　　　　338

道德／蔡履惠　　　　　　　　　　　338

撐著彷若傘骨的睫毛／黃士洲　　　　339

背鍋的獅子／沒之　　　　　　　　　339

疫
——致已逝的友人／明月　　　　　　340

賭城　睹晨／蔡永興　　　　　　　　340

蒐集文字漂流的聲音／林廣　　　　　341

心的光在角落／楚淨　　　　　　　　341

夜讀／劉驊　　　　　　　　　　　　342

確診／沐沐　　　　　　　　　　　　342

【作者索引】／蕭郁璇　整理　　　　343

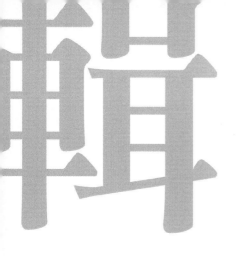

── 2019年7～12月截句選 ──

7～8月截句選

李瘦馬
您把黑色的絲線穿過時間的針孔

拉出來

竟變成長長的白髮

誰說銀針落地？

您一根白髮掉在我內心寂靜的走廊

2019年7月5日

和權
人生風波

大海　滔滔滾滾　浪濤

猛烈地拍岸。今日

在客機上俯望　竟仿如

瞧見杯子裏小小的風波

2019年7月6日

西馬諾

你，素面朝天　閃光的碎片在飄
迷失的方向在飄　邊飄，
邊自言自語。

風流業已冰冷

擋不住韶華流失速度

詩篇只能讓時間重生

尖叫文字中矜持一觸即逝

2019年7月7日

李瘦馬

椅子

落葉是風的椅子

白雲是天空的椅子

湧起的浪頭是誰的椅子呢？

當我坐上眼睛這把椅子就一路山遙水遠了……

2019年7月7日

語凡（新加坡）（Alex Chan）
秋風

入秋以後

思念脆如楓葉

風越來越重了

為了翻找，躲在裡頭的蟬聲

2019年7月7日

殷建波
陀螺和霜淇淋

我正在雀躍

陀螺轉得比地球快

一抬頭

母親，竟成了照片

2019年7月7日

曉嵐
夏日風雲

透明的心形葉片

是一串垂懸句

風會回覆妳　至於雲

每一分每一秒，都在去與留間，逗妳

　　　　　　　　　　　　　　　　2019年7月8日

語凡（新加坡）（Alex Chan）
手機短訊

你告訴手中的她晚點的班車

她告訴手中的你斗室的寂寞

所有的故事都在指尖進行

言語和表情如有雷同絕非虛構

　　　　　　　　　　　　　　　　2019年7月8日

澤榆
淋浴

我喜歡短髮
很快乾
思念也不會
逗留太久

2019年7月9日

海角
生機

千軍萬馬的奔騰廝殺後，
硝煙散盡的橫屍遍野裡，
無人察覺，
蛆蟲大軍蠢蠢欲動。

2019年7月9日

聽雨
有沒有一艘願意載我

我的腦海遼闊，看起來很美
海面有很多艘船
但沒有一艘航向你

2019年7月11日

語凡（新加坡）（Alex Chan）
長髮

雨聲如一張愁網
勾勒出一城的晚涼
小街斜斜蓄著雨的長髮
街燈把髮的寂寞印在牆上

2019年7月12日

熊昌子
畢業後

老師教的東西
有些人還了不少回去
有些人一開始就沒拿
有些人則又交給別人

2019年7月12日

吳康維
不

賭場不掛時鐘
冰店不開冷氣
我的心，也不特別惦記妳

2019年7月13日

語凡（新加坡）（Alex Chan）

傘

一個人站著
一個人聽雨
一個人淋濕
全世界陪哭

2019年7月13日

黃士洲

中秋

月亮是故鄉的用餐時間
眼睛特別洶湧

2019年7月13日

和權
汗血寶馬

內心的寂寞啊
一望無際的草原
沒有大草原　這匹
詩的汗血寶馬如何飛奔？

2019年7月14日

劉金雄
讚美

我說妳今天真美
妳便向前噙住我的嘴
深深一吻
說妳最愛說謊的舌頭

2019年7月14日

李瘦馬

一隻燕子無聲飛過

黃昏

有了清楚的眼線

2019年7月14日

杜文賢

大哉問

天空能有多空

可以容納多少雙翅膀

驚醒的懶蛇在想

如何把路走直

2019年7月15日

胡淑娟
回音

死了的心切成片片
丟入冰冷的井
打撈回音
以為瘖啞的愛會發聲

2019年7月16日

邱逸華
臨老

腹股溝裡田鼠擺譜
攝護腺上麻雀填詞
顫在懸崖邊忐忑，走音
唱遍人間下墜的歌

2019年7月16日

西馬諾

眉清目秀　在風中微笑　駐足
一步一景。

無詩，喪失方向感
被陽光撥弄得通體舒展
喘息，自西向東失聲
汗液用來蹂躪寫詩剩餘力氣

2019年7月17日

林錦成

吾愛

其實你沒有離開
那是我的一處廢墟
儲存荒涼
而且一直累積利息

2019年8月1日

寧靜海

囿

——雅和紅紅〈廢墟〉、花花〈想妳〉、新新〈門窗〉、澤榆〈時候〉、宇正〈妳的〉

宅男宅女

想妳的時候是門窗

不想妳的時候是廢墟

2019 年 8 月 2 日

高原

詩壇其實很有趣

你解析了我，我入圍了你

千古知音難尋覓

這是我們的默契

陌生人請「迴避」

2019 年 8 月 3 日

杜文賢
無非

用鐵馬圍住奔騰的萬馬
用煙霧清洗髒了的風景
用年輕的血把錯誤的道路改正
無非可以直達北方

2019年8月3日

杜文賢
魅

每個字醒來後
傷痕累累
昨夜夢中抵擋追兵
以詩護身

2019年8月5日

和權
沒有埋怨

一聲落花般的嘆息：除了
睡覺外，就是盯著她看
真想做你小小心心
呵護著疼愛著的手機

2019年8月7日

無花
雷射筆

變成街貓
追逐自由的字花
朝天空噴射的亮點，一紫一荊
皆為遍地開花的光害

2019年8月8日

紅紅

有一種愛

他們都是別人的兒女
只有詩被寫出來的瞬間
我才成為父親

2019年8月9日

許哲偉

流言

從高樓墜下的影子
也不能遮住馬路消息
通常行人會走
有色眼光塗畫的斑馬線

2019年8月10日

沐沐
師徒

說凝視汙濁的水就能懂得清澈

我竟然信了

且每天刻意把臉弄髒

2019年8月11日

Antonio
香港2019之二

布袋彈擊中的女孩眼中

平常我怎麼都沒注意

哪吒廟小小的

大排檔攤子夾在大廈夾縫內

2019年8月13日

語凡（新加坡）（Alex Chan）
遊行

只是腳在不停書寫

沿途

寫了一座城市

滿滿的眾生

2019年8月15日

靈歌
愛

離別的悲傷

總比幸福準時到站

寧可是車廂內的人

讓月臺推開

2019年8月24日

朱介英
路途

走著走著　把春天走跛了
沒關係　拿出夏天支撐
既使也走跛秋天
我還有冬天　一息尚存

2019年8月24日

曉嵐
瀑布

靜謐地在深山修練一座水月道場
一條經文，一段朗誦，一份喜捨慈悲
遍灑　礫石沙床三千
簌簌溢出的芬多精被遊客消費

2019年8月25日

靈歌
處世

以凹陷，承受重擊
以柔軟，迎向尖銳
大水來襲時，學習清空
讓自己浮起

2019年8月25日

許哲偉
催淚彈

對話前，先招待第一道菜
煙塵，槍口外呼朋引伴
積怨已久的街道
正在找尋吶喊

2019年8月26日

西馬諾

隔空的時間　接受烏雲擱淺
切片的時間　重生於水的黑暗。

我和群山隔著一種鳥

我和大海隔著一條魚

如同日蝕，如同月蝕

直到時針走完全部的時間

2019年8月26日

許哲偉

老大哥在看你

人，行道

人行，道

人行道

道，讓棍子先行

2019年8月28日

靈歌

雨中人

每一支傘，將難解的答案

罩入雨中括弧

傘下的單數雙數

正不停演算

2019年8月28日

曉嵐

秋月

沒有人知道，它去過哪裡？

有些夜晚，它泊在煙波中

有些時候，它泊在江上自己靠岸

十五的月總比我先到了家門口

2019年8月31日

玉香
祕密

每個女人心裡
藏著個小女孩
永遠都是十八歲
實際年齡，早就忘了

2019年8月31日

9～10月截句選

麗格
九月

七月的風，八月的雨，都抵不過

九月的秋水天長

讓一輪明月瘦了又肥，肥了又瘦

遠方的人比遠方更遠

2019年9月1日

靈歌
我們內心都有黑暗

其實，我的影子

和你一樣黑

我只是害怕穿幫

將光調暗了一點

2019年9月1日

靈歌
一個人的夜色

光影在天倫中孤兒

寂寞在荒蕪裡風暴

沒有星月的曠野

一個人冗長的黑

2019 年 9 月 3 日

施文志
眾生

苦海因為無邊

一尾木魚

遊不出

掌心

2019 年 9 月 4 日

杜文賢
永夜

走了多少步

才到今天

一個今天

所有的昨天都是昨天了

2019年9月7日

施文志
影子之十

我在尋找

一個影子

讓影子愛戀

我的影子

2019年9月7日

曉嵐

落葉

愛這無畏之旅

秋賜它一片天空

風是嚮導

直達無人之境

2019年9月7日

遊鍫良

謊言

兜在嘴裡的風聲

快速膨脹

渴了

只好張開一口假牙

2019年9月7日

玉香
鏡子

活生生的攝影機

完全不受控

也無法儲存

2019年9月11日

王勇
好日子

把心，提得比天空還高

看飛機在底下低低的飛

看鳥在機翼下緩緩的飛

飛出眼眸的天空一片藍

2019年9月12日

王勇

雲雨

自從移民之後
雲便回不了家
而每一次想家
他都躲入雨中

2019年9月17日

澤榆

燭

想過無數個殺死自己的方法
後來選擇「生日快樂」
是關於生死的咒

2019年9月18日

Sky Red

心之亡

最接近夜的那一類暮色

幾乎無糖　盪漾陣陣咖啡香

夕光是拉花　搖晃成心的形狀

背脊燒成蠟燭的人　忘了放回胸腔

2019年9月19日

王勇

風

總想穿越窄門

於是一再縮小自身

縮小到再小的門無所不穿

門外的我，已無脊樑

2019年9月20日

邱逸華

候鳥夫妻視訊時間

你反而注意背景陳設的變化
壁勾上掛了什麼陌生衣物
瑣碎言詞織成兩張模糊的臉
看不清誰在拉近猜疑的距離

2019年9月24日

玉香

特效藥

我不知道
詩詩有幾種
但是可以
治百病

2019年9月25日

漫漁

虛度

葉子一直在等明天來的風

但　今天

已經落下了

2019年9月25日

王錫賢

老宅

野草入主，鋪張

替衰敗撐腰

原來荒涼也需要排場

才能贏得哀傷

2019年9月26日

澤榆
打禪機吧

我們隱藏　我們試探
最後誰也沒有弄懂對方
一個選睡覺　一個選性教
似乎又有異曲同工的玄妙

2019年9月26日

許哲偉
情婦

昨夜還沒取走體香
背影，眸光最有感覺
捕捉背脊的抓痕
關門後，微吟的腳步還留下

2019年9月26日

石墨客
葬禮（二）

以前

都是你說　我聽

這次

換你聽　我說

2019年9月27日

徐紹維
詩句的驟生驟逝

過斑馬線一輛汽車急轉急煞

豪秒微米的間隙

我隱約聽到

一句詩的創世末日隱喻

2019年9月28日

許哲偉

窗外

我，將心砌上磚
只留一扇窗
高度不高
好讓妳墊腳就能看到

2019年9月28日

麗格

戲

唱戲人把一個死去千年的人
裝在水袖裡，輕輕一拂便復活了
那世的魂牽夢縈在鑼鼓聲中上演
輕飄飄不食人間煙火但很快又會死去

2019年9月28日

林廣

名嘴

蓮花在他的和她的舌尖，怒放
火種在你的和我的瞳孔，蔓延

沒人知道。他們唾液的汪洋
究竟溺死了多少無辜的真相

2019年9月29日

劉金雄

那檔事

我們仍舊偏執地爭辯一次勝負
夜色混濁一如泥塘
一隻滑不溜丟的泥鰍掙脫妳的緊握
躲進幽暗洞穴裡，吐出幾個白色泡泡

2019年9月29日

瘦瘦馬

ㄆ　　一ˋ　　ㄆ

小鳥站在電線上排一排

花朵站在枝頭排一排

音符站在樂譜排一排

美麗的詩句站在心田排一排

2019年9月30日

施文志

鄉愁

兒童相見不相識

鄉愁

可不可以

刷卡

2019年10月1日

無花

國慶日
──雅和桑青截句〈冰箱教會我的事〉

愛國是

朝你胸口開上一槍

愛港是

胸口為你留下一枚子彈

2019年10月2日

紅紅

鴿子的言論

我的尺度是天空，屎尿愛好

自由，降落在你的頭及你宣稱的領地

這天，你終於厭倦了清理

拿起獵槍，將我白色的影子射下

2019年10月3日

漫漁
轉世

把時光睡成一片海
夢裡又看到自己
上鉤

2019年10月3日

杜文賢
無關

脫不脫下面罩
與臉孔無關
脫不脫褲子放屁
與屁股無關

2019年10月5日

默京
萬家燈火

遠觀　十分擁擠
近看　萬般疏離

2019年10月5日

和權
墓誌銘

縱有詩三千
也改變不了什麼
惟　這裡躺著的
是永不磨滅的詩心

2019年10月6日

Chamonix Lin

紮根

體貼，之後滲入靈魂

越滿足越孤獨

汗水映襯霓虹，斑

晚霞對比深邃，駁

2019年10月6日

無花

中年

養一口井

不再收集雨水

跌落的月亮

會長出水聲

2019年10月6日

胡淑娟

連儂牆

時間的眼睛
正凝視這片牆
塗鴉抗爭，以愛之名
手淫一個和平

2019年10月8日

寧靜海

起秋了

一片葉子掉下來了
（你有一則新的訊息）
一朵蓮仍羞於開蕊
（明天蝴蝶飛不飛？）

2019年10月9日

胡淑娟
對比

整座森林的喧嘩
掩飾不了
一片枯葉殞落時
極致的寂靜

2019年10月13日

漫漁
分

鏡子外
她擦拭兩扇漏雨的窗
鏡子裡
他的玫瑰枯萎了

2019年10月14日

宇軒

人

容易書寫且發音簡單
是隨處可見的多用途傘
雲朵撐破天空之城
仍有雨下不停

2019年10月16日

寧靜海

絕
──雅和漫漁〈分〉截句詩

鏡之內
看過的人都長滿了刺
鏡之外
一朵野玫瑰開在她的傷口上

2019年10月17日

許哲偉
得獎者

也許是你該離開位置了
平時，不見蹤跡
老是特定時間才來
擺放影子佔據別人的陽光

2019年10月17日

玉香
該如何是好

如果結婚是走進
愛情的墳墓
那麼結婚紀念日不就是
在過，清明節

2019年10月21日

Sky Red

自然的臉書

雲幫天貼圖　樹是我們共同追蹤的摯友

山打卡海　海標註溪　溪回顧來時路

太陽限時彩繪出時間的動態

雨是大地的粉絲　星子替洗淨的夜點讚

2019年10月23日

曉嵐

迷失

肉身是個鈴

心是一隻耳朵

意念繁衍，滄海桑田

奔忙的一生，我們總是掩耳盜鈴

2019年10月25日

無花
無花

一直不知道
我是一朵花
直至
飛來蝴蝶

2019年10月25日

紅紅
小丑

這個城市充滿垃圾
而我是一隻甲由
笑是保護色，不許哭
一哭就更髒了

2019年10月27日

李宜之
蚊子的舞臺蚊生

做一隻自戀的蚊子
完成我的舞臺
每一陣掌風　都能成就
更棒的飛翔經驗

2019年10月29日

施文志
因果

人世之間
因為有夾縫
果然讓眾生
出生入死

2019年10月30日

趙紹球

鯨魚

寂寞是一座小小島

噴出的吶喊

聽不見

回音……

2019年10月31日

11～12月截句選

施文志
放大鏡

放大歲月
仍然是一個小我
放大生活
你才是一個大我

2019年11月2日

侯思平
虞美人

我是魚
你眼中的晶瑩
是灰燼，是塵沙洶湧
虛無而來瘡痍而去幻滅的靈犀

2019年11月8日

高原
防火牆失控

小王子雲端漫遊
直升機墜入氣旋黑洞
從感性區穿牆到情色域
從內衣外穿鏈接到陰唇外翻

2019年11月9日

鐵人
頭條

事實。
是謬論重複一百遍
的華麗轉身

2019年11月10日

許哲偉

開槍

半獸人在島嶼肆虐

電石火光嘯行

花，風吹落一朵

還有更多種子抬頭

2019年11月11日

無花

觀光客

寂寞是一座島

遇見另一座島

遊不過來的魚

2019年11月12日

胡淑娟
願

寧做一秒鐘的白雲

擁有高空彈跳的自由

也不做綑綁鉛塊的鴿子

任思考的魂魄墜落

2019年11月13日

【註】看香港中大事件

許哲偉
僧人

木魚敲落的紅塵

經頁裡結繭

青燈下孵出飛蛾

盤旋一團燃燒歲月的火

2019年11月17日

徐紹維
風骨

風其實無骨
甚為柔弱無形無質無色無味
那些都是刮來的
刮去你血你肉裸露有骨無骨

2019年11月17日

漫漁
我是活著的

沒有什麼是比擁抱一片雲
更真實的感覺了
爬上高處躍向雲端，無視於
滿地的烈焰

——截自漫漁詩作如何證明我是活著的
2019年11月19日

劉梅玉
故鄉的保存方式

最近收集來的故鄉

變得越來越小

細微的尺寸

只能存在皮膚的毛孔裡

2019年11月23日

漫漁
違

原來最靠近你的時候

是背對著

自己

2019年11月29日

Linda

星辰

星子把夜空下成
謎一樣的殘局，無力板回
那些想落就落到河裡去了
在黎明前的河岸上，我拾獲了一些

2019年12月3日

胡淑娟

隱疾

總是在等
尚未爆彈的花苞
何時炸開

2019年12月6日

胡淑娟
對峙

女人打雷下雨
兼閃電
男人只能當
聾的傳人

2019年12月6日

玉香
吸管

你吸那麼用力
害我無法喘息
珍奶多好
至少有空間，讓我休息

2019年12月7日

漫漁

疲

我不知道如何把已經冷硬的線條

再度柔軟

而你仍然堅持那是

一顆心的輪廓

2019年12月7日

Gloria Chi

苦愛

被遺忘在藥櫃中的你的贈禮

幾瓶蓶香水　竟治癒了我

纏綿不去的感冒風寒

你的愛是苦的　原來

2019年12月8日

雲朵
冷

一言不發把臉拉長
掉下山的溫度是你以眼神
翻過舊照片時
時間匆匆而逝的聲音

2019年12月8日

和權
徹夜無眠

憂愁
苦惱
晨間進廁所
馬桶竟說：放下

2019年12月9日

劉金雄
秋日閒愁

黃昏經過花園的腳步那麼輕

像風中緩緩飄下的落葉，無聲。

我遂悄悄跟上前去窺視

卻只踩痛了一路枯葉，聽那骨骼錯落的聲音，如我。

2019年12月9日

鐵人
默哀。自由

「自由暴力

是自由的先鋒」

毀滅者的自由

埋葬享受的自由

2019年12月9日

瘦瘦馬

老婆說，不要再讀詩了

讀我，用你溫軟的唇

用眼，讀微光中我的柔美

就像，蛺蝶輕吻花蕊

就像，蜻蜓的尾尖濺濕了心湖

2019年12月13日

黃士洲

走出的記憶

腳踏車齒輪轉動孫子的笑聲

笑聲叮叮噹噹攀越日光的尾韻

阿公看見自己蟹行的童年

驟然在眼睛咚咚響起，母親的吆喝

2019年12月14日

胡淑娟

革命

即使身軀被歷史的車輪

壓成模糊的血肉

也要做成堅挺的肉餅

與宇宙分食

2019年12月16日

曾美玲

嘉年華

搭乘時光噴射機，秒速飛回童年

重新聽見，小熊們瘋狂的嘉年華

媽媽暖陽的搖籃曲，以及迷路數十年

變胖又變高，西風的話

2019年12月17日

瘦瘦馬

詩是掛在窗前的月亮

我是被窗前月曬得非常消瘦的馬

為了詩裏字

掏空藏在馬蹄裏的風聲

但馬骨還很堅硬，有銅鐵的色澤

2019年12月17日

許哲偉

軍閥與詩人

擁兵的人割據一地

寫詩者自成一格

領域不同

獨裁專制的號令一樣

2019年12月24日

李昆妙
無解

假設，傘為x

握緊是圓心，鬆開是半徑

吹，最遠到圓周率邊緣

以外的清明，時節雨除不盡

2019年12月25日

邱逸華
禁詩簡史

文字獄裡關著：

皇家隱痛、虛構的真實

逆天思想、色情意象……

關不住的鳥，飛入市井歌唱

2019年12月25日

王勇

許願池（之二）

對著遊魚、烏龜

許願，水裡冒起泡泡

落池的剎那，硬幣

與陽光對視時眨了下眼

2019年12月26日

無花

靜物

特愛你送的禮物

天然呆

無暗角，不吵。不累塵不囤垢

災難後不掀風暴

Chamonix Lin

夜未眠

夜是一座港
收容各種輕狂
黑暗浪潮舐吻足側光點
我們在山頂，像岸尋找泊船

2019年12月26日

蘇榮超

分手

臨別的時候我們都不說話
推開感情像推開門
你帶走一室笑語卻把往事留下
美麗一旦破裂愛情便不知所措

2019年12月26日

澤榆

寒帶樹

不讓季節融化思念
我變得耐寒，長在你的兩極
高得讓樹梢能捉住流星，許願
留下你鈴鐺笑聲，很閃亮

2019年12月27日

胡淑娟

別字

文字離開了房間
留一抹淡淡的花香
想必那是
文字的魂魄

2019年12月27日

龍妍

愛情考古題

心窩在三角形的夾角裡
等一個函數來演算，你
想求證的答案
你單身的日子，我除不盡

2019年12月27日

吳添楷

關於閃電的故事

那些伏特和安培
盡是普遍的詞彙和話題
一對焦耳掉在地上
等著我們把故事說完

2019年12月28日

高原
年少輕狂

暗夜裡探針搜索磨蹭

總是故意戳不準

獅身人面怒吼

震懾愛搞肛的情人

2019年12月28日

和權
竹林

思念是

一株日漸長高的竹子

爾今。已是滿眼青翠了

妳說吧：究竟有多少相思？

2019年12月29日

木子
雨中坐

有人在屋裡坐

屋在雨中坐

而雨　是舞臺上的簾幕

用來伸縮故事的情節

2019年12月29日

帥麗
歲月如金

以為幸福是戴了顆閃耀的寶

直到櫃子褪色

才從法令紋

看到日子流出，溜進

2019年12月29日

桑青

釀海的石頭

你的心裡沒有我的一場雨
我們才能乾溼分離
海與岸激盪的頻率　拉很遠
浪花淘盡　回音

2019年12月29日

玉香

歲月

是個糊塗的雕刻師
刀工細密獨到
卻常常失手
而且不請。自來

2019年12月29日

蕓朵

倒數

別說無常
別讓悲傷砌成聳立的高牆
生命不過是一場華麗的跨年
在過去和未來間拔河

2019年12月31日

2020年1～6月截句選

1～2月截句選

王仲煌

瀑布

水戀上雲
糾纏不清
兩岸也來拔河
天依舊在放空

2020年1月1日

漫漁

一棵樹的志願

擁有一種蒼翠　永不褪色
擁有一種寧靜　風吹不動
擁有一種力量　可以在宇宙中
拉拔地球

2020年1月2日

瘦瘦馬

光讀詩題就覺得很管管
——公車上讀管管百分百詩選
《燙一首詩送嘴，趁熱》

無雞無鴨無山無水可管

管蟑螂螞蟻管陽臺小小盆栽

偶爾抬頭兩目為雲海所吸引

管東管西管字裏行間的詩情，作啥！

2020年1月3日

黃士洲

床

從白天的口袋掏出疲憊

向枕頭購買旅程來回票

關掉安慰劑按鈕燈火

搭上飄雪的被子上車。通往夢

2020年1月4日

陳子敏
靜海

光，接合陸天
海，只餘微波
舟，貼實水面
靜，停於至美

2020年1月4日

李宜之
果然

時間開始前就走了
青春滿載悲傷的說
我的花還沒開呢

2020年1月6日

王勇

影子

你罵我不要臉
對，我就是要
躲在主人的背後
發聲

2020年1月6日

和權

天堂和地獄

見到炊煙
你就看到了天堂
見到硝煙
你就看到了地獄

2020年1月8日

瘦瘦馬
孩子說我的髮叢，藏著白髮

我說，那是
歲月的眼神！
就像，枯黃的秋草
藏著，虎狼的眼睛！

2020年1月8日

林伯霖
老花

年歲走遠後
看清的叫過去，不清的是現在
夜裏發出一種新品種的花
聽說叫做未來也叫散光

2020年1月10日

林廣

有些對比是無法避開的

海，來到我的窗口
把她懷裡剛笑開的雛菊全給了我
山，走過我的門前
把我手掌開始枯萎的詩都要了去

2020年1月12日

王婷

墨鴉

鄉愁停在枯枝上
夜。醒著
南渡的墨鴉把鄉音揉入月色
每一個故鄉盡是夜的倒影

2020年1月20日

紅紅

年，夜

不斷被窗外的煙火喧嘩灼傷

一顆冰塊，躺在背光角落

滲淚，一滴一滴

止不住流失的自己

2020年1月26日

漫漁

擁擠的空虛

舞臺大的驚人

她　有個故事要說

卻找不到

一片空白

2020年1月27日

瘦瘦馬
今晚妳把自己褪成一片月色

我男人厚厚的鼻息
推動山一般的陰影
今晚妳的月色好美
我是搖晃晃的燭光

2020年1月27日

和權
活著真好！

一位武漢醫生說：
活著，比過年好！
晨光，及花草樹木都跟詩人
一樣，以笑靨回應

2020年1月28日

高原
多情阿伯

凹陷的眼窟窿
恣意瀏覽人肉跑馬燈
慾望在城市皺褶中磨蹭
偶爾放縱，偶爾跳痛

2020年1月28日

高原
單戀

蒲公英長了翅膀
愛上了遠方
我腿劈到盡頭
還是摸不到妳的手

2020年1月28日

高原
口罩正妹

日子無止境的迴圈
口罩讓沉默的人更沉默了
迷濛眼眸映現最美麗的湖泊
手捧著忘憂咖啡等一個人

2020年2月1日

黃士洲
一宿到天亮

寒流鎖進一根肉身螺絲
棉被緊緊咬死喧嘩夜色

2020年2月1日

荷塘詩韻
口罩

罩天罩地罩不住驚恐的自己

病毒撒野疫情蔓延方興未艾

無罩比無照駕駛還嚴重

一罩難求成了另一種春怨

2020年2月2日

李宜之
庚子年春妝

口罩是必備品

75度酒精保濕

護目鏡灑洩大片眼影

唇彩可省

2020年2月3日

齊樂
武漢肺炎病毒

看不見的威力，無邊
人命有被噬的恐怖
總跟人攀上飛機車船
竄走，色變全球

2020年2月3日

許哲偉
口罩

人心薄薄一片距離
官椅上，曝光斑駁血跡
那群人隱匿
崩潰國界的祕密

2020年2月3日

雲朵

啊，何以廢言

可能的疑問往往是逆向的
你問天空迷漫的病毒何時死去
樹的末端站著一隻麻雀
從白天叫到了夜晚

2020年2月4日

黃士洲

封城

寂寥從經過的櫥窗瞥見自己倒影
營養不良的眼神削瘦如枯葉
發高燒的驚嚇聲，叫出孟克
抓住，整條擰疼的街道

2020年2月4日

玉香

口罩

防了口水

耳朵卻承受不住

風言

風語的，拉扯

2020年2月6日

林沛

武漢封城

走出街道其實卻發現無處可去

武漢人被關在另個新天地裏

蝙蝠飛入荒涼的舞臺圓柱上

穿山甲佇候在無人的餐館後

2020年2月8日

高原
理性與感性

為了讓一首詩亢奮
腦海彩排了無數膽怯的幻想
右手翻閱紅樓夢
左腳滑入格雷的五十道陰影

2020年2月8日

沐沐
告別式

他們撐開眼皮站著睡覺
他們撐開眼皮站著睡覺
唯獨躺著的那一位醒著

2020年2月9日

施文志

哨子聲

哨兵走了
下地獄的人
都聽到了
哨子聲

2020年2月9日

柯柏榮

【臺華雙語截句】
夢的幼語（臺語）

當稀微的蠟條火貧惰閃爍
陷眠的聲音亦恬寂寂
我只是一撮渺小的夢
拚死抵抗天光的拚門

【註】貧惰（pîn-tuānn）：懶惰。

夢的絮語（華譯）

當幽微的燭火懶得閃爍
作夢的聲音亦寂靜無聲
我只是一撮渺小的夢
拚死抵抗天亮的敲門

2020年2月9日

無花
李文亮

那片土地最特異處
聽到哨聲的人
只是心中
默默又死了一個生人

2020年2月9日

柯柏榮

【臺華雙語截句】
安平劍獅（臺語）

光帕帕的歷史翕佇舊siat-siat的文獻哼哼呻

重壙壙的傳說吊佇老mooh-mooh的喙角盪盪幌

400冬的守護激出文明的殘酷

400冬的傳奇勼作一張雄威的獅仔面

【註】

1.光帕帕（phànn）：光鮮亮麗。

2.翕（hip）：悶熄。

3.舊siat-siat：非常老舊。

4.重壙壙（khuâinn-khuâinn）：沉重。

5.老mooh-mooh：又老又瘦。

6.勼（kiu）：縮小；萎縮。

安平劍獅（華譯）

光鮮的歷史悶在老舊的文獻呻吟
沉重的傳說掛在乾癟的嘴角晃盪
四百年的守護釀成文明的殘酷
四百年的傳奇縮成一張雄威的獅臉

2020年2月10日

蘇榮超

武漢。疫情

寂寞將秋天隔離情感將兩岸隔離
雲煙將風雨隔離淚水將傷心隔離
時間將日子隔離武漢將湖北隔離
愛隔離了疫情

2020年2月13日

柯柏榮

【臺華雙語截句】暗戀（臺語）

畫一個夢，抌掉
閣畫

濁濁的夢
爬滿滾絞的痕跡

【註】抌（hu2）：擦拭。

暗戀（華譯）

畫一個夢，擦掉
再畫

模糊的夢
爬滿掙紮的痕跡

2020年2月14日

趙紹球

愛在瘟疫中蔓延……

這個情人節
在說我愛你之前
請
戴上口罩

2020年2月14日

漫漁

超人的內心OS

這些自稱人類的傢夥
比病毒更毒還有臉抱著地球哭
幹！口罩都被搶完了
要怎麼出門拯救世界

2020年2月14日

高原
愛在瘟疫蔓延時

無法被療癒的死穴
埋葬在心靈深處
午夜夢迴窺探心扉縫隙
一朵春天插在鑰匙孔

2020年2月15日

陳培通
沒入寂靜

悄地點亮
這座城市無數的眼睛
街燈拉著一條蜿蜒的小巷
沒入寂靜的貓的眸子裡

2020年2月15日

文靜
壁虎

聽錯名字轉頭的瞬間
發現身後拖著好多條尾巴
有陽光的時候想全部斬斷
下雨的時候想溫柔撫摸

2020年2月15日

石秀淨名
最簡單

寫最簡單的詩，見最簡單的人
呼吸最簡單的，空氣以及自由
愛是最簡單的存在，醒來傻笑
你是最簡單的通道，過這邊來

2020年2月15日

溫智仲

黑

那是高音的墳

無聲的碑

妳寫上什麼

我都不想看

2020年2月15日

西馬諾

地圖上星星　相框裡的臉
容納來自　大海的薄荷般的歎息。

我更愛螢火蟲

一個缺乏故事性的逗點

界限沒有內容

閃現在潮水起伏的詩句中

2020年2月16日

文靜

她說喜歡雨

不想被雨困住的那天
她把新買的傘留在路邊
發現完全被包圍的瞬間
狼狽得好自由

2020年2月17日

丹夢君

廢言與謊言

廢言不中聽
謊言不能聽
廢言當作謊言不要隨便聽
謊言變成廢言不得不小心注意聽

2020年2月17日

仲玲
口罩

口罩成新的風景線

人人耳上掛起

獨留眼睛

貪嗔癡依舊

2020年2月18日

鳳嬌
魔高一丈

冠毒穿上壽衣

疫情刻好墓碑

鬼火修成，一時涅槃

舍利子滾落紅塵，仍鏗鏘有聲

2020年2月22日

文靜
下雨的屋子

那一晚，所有的星星都掉下來了
偽裝成雨的樣子
被想念的人們睡得好熟
在下雨的屋子裡

2020年2月22日

漫漁
封殺

活著的人不准說話
他們的聲音太刺耳
會讓那些要死不活的
想起自己的要死不活

2020年2月26日

邱逸華

標準作業流程

消毒。修容。瞻仰。燒碾
掃起過去塞進未來的容器
失去是一件
被搞得太複雜的事

2020年2月27日

和權

月兒彎彎

黑暗遼闊又怎樣？
詩在哪裡　就亮到哪裡

2020年2月28日

柯柏榮

【臺華雙語截句】古蹟（臺語）

恬聽滾絞的人氣按怎冇冇

恬聽誰的鞋底黏著歲月的冷淡

你坐佇歷史崩去的戶模

帽仔唇壓低，伸手化緣

【註】

1.冇冇（phànn-phànn）：結構不紮實。

2.戶模（tīng）：門檻。

古蹟（華譯）

傾聽沸騰的人氣如何空虛

傾聽誰的鞋底沾到歲月的冷淡

你坐在歷史崩蹋的門檻

壓低帽緣，伸手化緣

2020年2月28日

無花
紀念

請在我的天空

雕琢雲狀的線

此生

讓我獨擁一道屬於你的裂痕

2020年2月28日

沐沐
失戀

一個人的咖啡館的桌上的拿鐵的

拉花裡的你

仍對著我淺笑

2020年2月29日

許哲偉

銅像

姿勢如恆久的釘子戶

陰影，已改換位置

鴿子不知

一樣有人微笑餵食

2020年2月29日

3～4月截句選

林錦成
同學會木棉花季

其實是童鞋踏春約看彼此解凍的心情

火車廂似往事牽連　一節一節

呵暖昨日

在起霧的玻璃上畫一朵花

2020年3月1日

柯柏榮

【臺華雙語截句】揣夢（臺語）

為著一個相閃身
我演練過一萬種無仝的姿勢
相閃身過，夢
行走，攏無聲

尋夢（華譯）

為了一個擦身
我演練過一萬種不同的姿勢
擦身而過，夢
離開，全沒聲息

2020年3月2日

漫漁
證書

把我倆的名字綑在一張紙裡然後
在火裡水裡鋼絲上刀口下過一遍
讀音蒼黃，筆畫歪斜
意義　離開很遠了

2020年3月3日

許哲偉
報時鳥

乳房像老掛鐘一樣擺晃
夜鴿準時啼叫
再張開三秒
達令，就達利了

2020年3月5日

玉香
公車位

好不容易擺脫一個屁味
又塞進新的體味
照單，全收每個公斤數
你虛脫在，我的虛脫

2020年3月5日

澤榆
滅跡

宣紙上的那抹山色，是你
每次大雨，枕上的夢就朦朧一些
一隻鳥啄破我，被夕陽泡皺的手指
從此你，臉孔成了深谷

2020年3月7日

高原
缺氧的愛

天災人禍包裹小日子
愛情工廠不再量產情愫
不安晝夜交替擰乾了詩句
滴不出一行甜言蜜語

2020年3月7日

和權
微塵

在這浩瀚的蒼穹
你　只是一粒微塵
微塵的心中
卻容下了整個宇宙

2020年3月9日

張顯廷
西征

馬奇諾防線失守
武漢大軍飛越汗血馬
攻陷歐洲

2020年3月9日

林錦成
旅客

列車每一格窗的臉遮了一半
一半空白欄貼四個字：
肺聲肺影
數了無數次擦肩而過，繼續數…

2020年3月9日

高原
久別重逢

壓抑閒聊了一個黃昏

送妳回家途經幽暗小巷弄

一邊壁咚親吻唇頸

一邊撫摸存在的鑰匙孔

2020年3月10日

澤榆
存在

我寫了一首空曠之詩

人們都拼命往裡頭尋找意義

本來沒有什麼

總有人又想出什麼

2020年3月10日

賴文誠
剪（三）

將黑夜剪成一條條
細長的寂靜
看是否能安插在
你白天躁動的空隙之間

2020年3月11日

王勇
言論自由

張大嘴
說了許多話
聲音卻鎖在喉嚨裡

2020年3月12日

王勇

茶葉蛋之二

給你喝龍井，你就很杭州
給你喝鐵觀音，你就很安溪
給你喝大紅袍，你就很武夷
你是我們瞪大的一群眼珠子

2020年3月12日

黃士洲

叼春天喉韻的貓

貓以海嘯的躍姿，羞辱圍牆
箭般的鼠射入草叢，濺出青色尖叫
月光喊「卡」。　　NG
等風聲養胖，再來一次

2020年3月12日

七龍珠
加密保護

有何祕密可言
透明的行止
又非重點人物
浮生裡的一粒菩提子

2020年3月13日

王勇
含笑

打腫臉才能顯得自己比別人重
再重，能重得過大象嗎？
一張薄薄的聖像貼在牆上
蒼生的負荷都在祂淺淺的微笑裡

2020年3月13日

林沛

醒著

千年黃鶴睡了，翅膀醒著

千年琴臺睡了，琴聲醒著

大橋大河睡了，風景醒著

抱病的春天是不是也該沉睡了，可作怪者還醒著呢

2020年3月13日

鳳嬌

堅強

眼淚如何倒回眼眶是　技術

平衡蹺蹺板是　技術

一件薄衣取暖是　技術

愛;是無所能敵的　師傅

2020年3月14日

施文志
劫匪

埋伏街頭巷尾
只是一隻細菌
準備打劫
你的健康

2020年3月20日

漫漁
愛在病毒蔓延時

從來沒有這麼聽話過
你命令閉嘴，我
乖乖地把口鼻都封起來
原來，隱藏　也是表白

2020年3月21日

玉香

愛在苟延殘喘時
──雅和Peilin Lee〈愛在病毒漫延時〉

病毒是會呼吸的痛

我們之間是否會有明天

由口罩決定

相愛原來要，彼此隔離

2020年3月22日

胡淑娟

激情

如病毒，緩緩浸潤肉身

喉嚨喑啞

呼吸在溺水之間

心肺皆是玻璃的碎刺

2020年3月24日

和權
詩與風暴

詩　未能平息大風暴
阻止電閃雷鳴。卻讓你
內心趨向平靜
等候天空放晴　晨鳥啁啾

2020年3月24日

忍星
危機

烏雲，一次次抽出廢水
倒入
你明澈眼裡
淘洗　最初的山色

2020年3月24日

玉香
稻子

小時是株草
長大變成寶
老了還是一堆草

2020年3月25日

瘦瘦馬
妳的，我的，我們的，吻

妳的上弦月
接合我的下弦月
我的乾柴，放進妳的爐灶
妳說，這種火熱，剛好

2020年3月27日

沐沐
甜味

他們別離

為了將所有的過往鍍上一層美好

2020年3月28日

劉梅玉
長方形的哀傷

在不織布的裡面

有些無法遏止的病毒

日復一日

啃食身軀裡的日子

2020年4月1日

邱逸華

討厭的詩人

真的。他的詩和人一樣
討厭。讀他的詩讓人激動、暴躁
討厭他完全適用才氣、顏值等等空話
為了這種扭曲的情感，我在夢裡吃掉了他

2020年4月7日

語凡（新加坡）（Alex Chan）

封城醉

城封的日子
翻出塵封的書
喝一瓶四月的春光
整個世界在杯裡搖搖晃晃

2020年4月8日

姚于玲
自然定律

有些詩句，無法結果

仍是付出後的證據

並非所有的花

都遇見愛情

2020年4月8日

王勇
突圍

細菌在看不見的

虛空，張牙舞爪

我們囚禁在家，一個字

一個字地讀著圍城

2020年4月8日

施文志

形容瘦

無形的敵人

無形的戰場

我們是戰士

菱花鏡裡形容瘦

2020年4月8日

西馬諾

上升，以極快速度　啜飲一個人 從時間眼裡掏出孤墳　緩慢蓋過 被點亮的張望。

蟄伏的疫蟲

斂翅在一首詩中酣睡

沙啞上爬滿腥味

別驚醒它攜帶著大片烏雲的輓歌

2020年4月11日

林廣

迷路的詩

你是我最大的草原

我是你最小的曠野

在味覺失蹤前忽然

想起你像龍貓般童話的色調

2020年4月15日

胡淑娟

回憶三疊

與其說

骨灰是燃盡的回憶

倒不如說

心是螫合最深的甕底

2020年4月15日

李宜之
惦記

總在舌尖上找家鄉
饞親人的輕撫　還是夢繫的味道
餓的是那填不滿的想念
還是……

2020年4月16日

鳳嬌
開心

汪洋一片，音樂泗水過來
音符跳躍，怒吼吧，白川逐海
抑鬱撕裂，迸開束衣
高調，一首海藍藍

2020年4月17日

張舒嵎

無症狀單戀犯者

即便是，嚴謹的居家隔離！

也會情不自禁的無法自主管理

單戀是無可救藥的高劑量病毒

是我對你提前佈署的　愛

2020年4月17日

之宇

COVID-19

從這一天開始

智人把自己鎖進牢籠裡

讓地上走的天上飛的水裡遊的

非萬物之靈　—　得自由

2020年4月17日

姚于玲

道場

被病毒的刀削了髮
我們的頭
像寺廟裡難以安眠的木魚
時光的手，敲起日常的節奏

2020年4月17日

七龍珠

反應者

這世界由有酒窩的文青當總統吧
沒有兵力只有一支靈活的舌匙
災難來了冷靜擋住以言語幽默轉換
讓他說個漫長故事好了

2020年4月18日

黃士洲

月光可以在臉頰看到被重型戒指
輾過的轍跡

安靜的菜餚把女人從餐桌上吵醒

門鎖始終未說什麼

鞋櫃前男人的室內拖鞋

還站在最亮的第一個位置

2020年4月18日

漫漁

越靠近就越遠離的你

太陽從未如此　　無害

我拼命伸出雙腳　　想灼傷

多日的蒼白　　以及一切未曾

被愛撫的

2020年4月18日

李宗舜

祕密集會

他們祕密集會，打牌
吸進蛇形騷味煙圈
聲音沙啞飲盡杯中殘酒
佝僂著身軀和瘟疫隔離

2020年4月19日

無花

海難
——病毒隱匿在甲板的縫隙躲避群聚感染

母艦下水後
大海忘了戴口罩
肚子裏活潑亂跳，三棲的魚
返陸後一隻隻倒數泡泡

2020年4月19日

荷塘詩韻
穀雨記事

歲月做莊，不斷朝我們發牌
下注暮春最後一個節氣穀雨
我閒坐案桌前捧讀唐詩宋詞
直到知識的火炬照亮抿嘴的笑臉

2020年4月20日

邱逸華
婦道

生命的最初離不開一支帚
男人道上灑滿女人的淚
幾千年後，光榮的賤婦逗弄著掃地機器人
啟動聲控：骯髒的陽具休想再玷汙乾淨的陰道

2020年4月20日

謝情
歲月靜好

哪種死亡的恐懼可以遞延？

AIDS、SARS、武漢病毒、超級細菌

驚嚇衝上雲霄飛車，死神如影

輕愁夏雨，工蜂開始學習水牛慢活

2020年4月21日

李宗舜
強光

輾轉時光，不知是

新的靈魂還是舊的軀殼

如出一轍的擺出

巨像的擎天一臂

2020年4月21日

忍星
晚景

看透的，讓倦鳥銜回築巢；
看不透的，請夕暮薄薄燃燒；
灰燼，淒涼我全身
皮囊被空虛咬破　一個洞……

2020年4月23日

5～6月截句選

瘦瘦馬
垂死的父親和他的兒子們—1

父親已近似一灘死水

兒子們幫父親和死神拔河

而繩索那端什麼也沒有

真的，沒有誰可以抓住空無

2020年5月3日

餘響
頹肺

日子長繭了，便隨意

呼嘯一聲

不太震懾的呼吸

連暫棲的簷鳥都懶得理你

2020年5月7日

心鹿
失智

腦袋原來也有保鮮期
標籤不知貼在哪裡
太遲發現它早已過期
來不及列印昨天那句「我愛你」

2020年5月8日

侯思平
油麻菜籽

她只是活著，燒飯、洗衣、摺疊
那幾個輾轉不去的字字句句比真實還浪漫的沉默
體貼著，日子就過了
不知道酒醒了多好，刷牙洗臉又是新的一天

2020年5月18日

和權
美人

對著鏡中人說：妳啊

怎會這麼美，美得令人

想哭

嗡的一聲，一隻蚊子暈死在地

2020年5月18日

胡淑娟
黃昏

這性感的美人

山峰夾緊她的乳溝

透明搖晃的落日

剛好充當垂墜胸前的琥珀

2020年5月20日

漫漁
海底隧道

進入她體內時

他們都綁好了自己

海洋中最無奈的魚群

讓這座城市　一次次受精

2020年5月22日

【註】寫於香港東區海底隧道

心鹿
有一種絕望

伸出水面的白旗很小很小

呼救聲只有海豚聽得到

海豚太遠，泡泡漸少

漣漪散盡時，有人說世界真美好

2020年5月22日

張舒嵎

失眠

那一個披掛羊皮的男人

尾隨在羊群後面

等著宰殺每一隻落隊的　羊

回頭，卻發現了另一隊　羊群

2020年5月23日

謝情

海的聲音

風景推著太魯閣號進站

大包小包的鄉愁上車

異鄉醉臥成故鄉　母親

車站佝僂的背影　原鄉的呼喚

2020年5月23日

紅紅
鵝頸橋

三叉路口被掐住無法出聲
身體塞進許多惡法準備爐燒
家的定義，吊懸在樹枝上
曾經唾沫編織的夢想仍不願離散

2020年5月25日

【註】鵝頸橋位於香港銅鑼灣鬧區

邱逸華
凋謝前就這樣愛

那隻蝶翩然來到
而你依約開花
並且為她做盡一切
高尚與猥褻的事

2020年5月27日

文靜

午夢

被借去的自己
在不一樣的窗邊
養貓。吃飯。睡覺
這個下午在他方完成

2020年5月30日

聽雨

希望是日子手裡的一把刀

誰讓我們遇上光
誰又安插了黑夜
希望是人們手裡的一把刀
日子再暗也能揮出黎明

2020年5月30日

無花
身後詩

你走後留下詩的身體
字句仍完好躺成截句
有時候它的倒影
比不滅真身美麗

2020年5月31日

文靜
真話

那些還沒說出口的字
一個個死在我潰瘍的口腔裡
說出口的
也只是另一種死法

2020年6月4日

劉金雄
看守所

我們終於進入其內

用眼睛好好看守著窗外的

自由

像一隻剛學會飛的鳥

2020年6月14日

語凡（臺灣）（Michael Tsai）
癡

女孩總是

用盡所有晴朗去看男孩

而男孩總是

不帶傘看著女孩下雨

2020年6月17日

桑青

時鐘不睡

他老當益狀的三條腿

秒真、分真、時真

角度多元開闊地走在圓裡

聲音裡──長出神的指節

2020年6月18日

仲玲

紙風車

拉起四角

堅持

一心不亂

任風翻轉

2020年6月20日

胡淑娟
蚊子的控訴

一道光
把我摛至牆上
擊掌，流出寶血
只為了救贖一個黑夜

2020年6月23日

余問耕
懷‧想

懷瑾懷冤懷王懷沙懷石
你終於自沉江底
年年端午懷君誰料
你的離騷現代有人說是閨怨

2020年6月26日

文靜
異地戀

你所在的地方
是那座城的心臟

2020年6月28日

七龍珠
窗簾

追夢人的小短褲遮住
所有人間的憂傷
過來吧吹出起床的金喇叭

2020年6月29日

侯思平

我開燈，看亮一切

當武漢肺炎疫情沿街角竄升

當你告訴我全世界男人的通病

當我們不再需要彼此磨蹭燃燒生煙

當我們無須藉由體溫辨識唯一可靠的燃點

2020年6月30日

侯思平

無事一身輕

我將屋子裡廉價的記憶低價拋售

換得簡單的吃食與飽足的煙酒

我將你所追求放浪玄天之外

我更想知道所謂自由，自不自由

2020年6月30日

銀子

讀者

你用一盞燈火愛上我
你用一盞燈不愛我
燈火。一種會讓影子在牆上
跳動脈搏的肉和血

2020年6月30日

陳瑩瑩

怒氣

一握拳
陽光就照不進掌心了

2020年6月30日

桑青
悲傷的重量

心頭，不是頭也不是尾
那裡星星與雪比較分岔的速度
漏夜減去的無非是你
落下的聲音

2020年6月30日

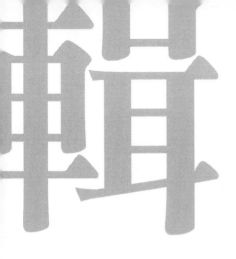

2020年7～12月截句選

7～8月截句選

西馬諾

瞭望　留下長串省略號
潔白　動詞裡的光。

距離恰到好處

溫度恰到好處

是今天，今天之中的今天

熟睡著一千個未盡的黎明

2020 年 7 月 1 日

澤榆

同學會

從一些趣事

談到一些趨勢

到一些去世

取石，壓好太薄的歲月

2020 年 7 月 5 日

黃士洲

有糖衣包著的北屯兒童公園

樹林被盛夏擰轉出大汗淋漓的蟬聲

松鼠收錄孩子尖叫的眼神

一男子從二胡裡提領相思

星期日輕鬆咀嚼每顆有核寂靜的心

2020年7月5日

王勇

月胡

牆上那把老掉牙的二胡

每晚都曾是爺爺眺望的彎月

爺爺走後我拭擦牆上的殘月

它竟發出二胡的弦音

2020年7月5日

王勇

咳嗽

牆，裂開來

天，暗下來

強忍喉中鑽心之癢

爺爺的咳嗽成了太平洋的啞炮

2020年7月5日

李昆妙

歲月

枯葉伸出聲音

要抓住那些腳步

風，貓了一下

又秋天去了

2020年7月5日

忍星
歲月突襲
──雅和李昆妙〈歲月〉

漁船安靜吃水

夕陽盡情哺育暮色

歲月，颭了一下

凹彎整座漁港

2020年7月7日

王勇
尋根

自從在同鄉會的牆上

爺爺縮小成一張黑白照片

爺爺的影子就在異鄉繫下了根

沒有光的日子我依然看到根的探索

2020年7月7日

銀子
拔牙

青春把我拔出了故鄉的牙齦
六月雨水中的小紅土山溝
依然流著幾絲麻醉過後的血絲
父親和母親是一種止不住的疼痛

2020年7月11日

雪赫
拔牙

昨天，拔去了一顆牙
其他的牙都沈默了
我試著向牙齒們解釋
只有那一顆牙像浮雲

2020年7月11日

文靜
垃圾車

日子被卡車載走
一天天地倒掉
我們駛向邊界
來回運送自己

2020年7月12日

呂白水
馬齒徒長

和掉了的牙齒
並肩坐在一起
終於瞭解自己
已然溶入歲月

2020年7月12日

王勇
翻書

浪濤在大海上翻閱歷史
穿越時空黑洞，一艘艘
大帆船停靠新世紀的港口
卸下歷朝歷代的正史野史

2020年7月12日

王勇
打臉

自從她的臉動過幾回刀後
她開始尋找本來面目
夜深人靜時，她聽見：
不要臉，不要臉……

2020年7月12日

玉香
杯墊

那麼燙手
到頭來還不是
輸給杯蓋
只能當個，墊底

2020年7月12日

瘦瘦馬
一袋詩人

袋子，已悄悄綁上
有一些詩人，在袋子裡面
更多，在袋子外面
而真正一代詩人，笑著走出了時間

後記：
最近重讀新詩三百首百年新編時，又聽說有新的選本上市，心有所觸
動，以詩誌之。

2020年7月12日

瘦瘦馬

常常會被美麗的外物所吸引

譬如，一個女子美麗的眼神
譬如，孩子盯視飄過的雲塊
而此時，有什麼驚動了心境：
而就只是一隻白蝶擦過了黑的衣襟

2020年7月12日

胡淑娟

幽人獨沓

星光初醒，揉著萎靡的眼睛
黑夜將破爛的皮鞋底
所有陳舊的毛細孔
都縫成了幽暗的長巷

2020年7月14日

陳培通
你的眸子

月光棄守孤星

惹一枚浪雲不成眠

然，一盞睡過三季的街燈

猛睜眼解讀你的眸子

2020年7月15日

胡淑娟
一種動物

梅花穿起了

一路追趕的薄霧

當做是

鹿的衣服

2020年7月15日

謝情
山外山

湖底幽靈午夜撥了電話又掛上
那頭鈴聲迴響凌晨三點一刻
分針追逐時針，抽象追逐意象
落下的雨水還原不回原來的雲

2020年7月17日

張威龍
歸航

燈塔微弱的眼光
釣住遠方漂泊的舟子
越　拉　越　近
思念，笑了

2020年7月17日

木子
文字發電

文字被架了起來
一如太陽能板
太陽來的時候
它就發電

2020年7月20日

漫漁
所謂自由

陰天的陽光
為什麼還是覺得刺眼
我把籠子留在身後　只帶走
它的影子

2020年7月25日

和權
千丈雪

礁石越堅硬

越是激起浪濤的飛濺

詩　越難寫

越想濺起心中的千丈雪

2020年7月25日

無花
何謂民主
——雅和漫漁截句〈所謂自由〉

一座島潛逃另一座島

舊籠子圈養新的貓膩

生活是不在菜單上的私房料理

廚師僅在乎，日子要火烤或生煎

2020年7月25日

胡淑娟
潮汐

妳僅僅是
平凡的一滴水
只因為月亮的緣故
妳成了風口浪尖

2020年7月28日

鳳嬌
思

我要你記得那些我們曾經走過卻忘記的地方
白鶴羽開花了，沒有風不會飛
喝酒吟的詩，用墨就可以塗掉
青山橫過薄雲野薑花沾著霧

2020年7月28日

和權

天問

翻開報紙。觸目是「衛生部
：醫院將被新冠病人淹沒」
這顆美麗的藍色星球
會不會被眾生的淚水淹沒？

2020年7月29日

John Lee

老態

晚風勉強扶起白髮
幾塊雲在頭上議論著殘缺
歲月已無力反駁
皺紋是翻越不過的鴻溝

2020年7月29日

吳詠琳
稍縱即逝

我在，你在的時候出現
而你，不管我愛或不愛你都在
白雲牽走自由飛翔的風箏
心捕捉看不見的航線

2020年7月29日

謝情
逝水

午後烏雲躲在窮谷深山宣洩
空啤酒罐列隊學著倒飲月光
荷塘青蛙對著星空喚了一夜
兩排路燈靜靜凝眸夜鷺孤飛

2020年7月29日

許廣燊
詩泣

嘔心的詩篇暗夜泣血

在回收場秤斤注兩

空靈被空洞填補

忍痛把文字山巔野放

2020年7月30日

丁口
荒蕪

冷色系是劇情的延伸

夢從來不經過這裡

抓不住心靈的捕手

荒年，四處逃離

2020年8月1日

項美靜

月光是打坐的蒲團

每起身，靈魂總被囚在陽光下

鉢，袈裟，念珠，皆是禪的修辭

試著將箴言塞進魚肚

每敲一下，便聽得：南無、阿彌、陀佛

2020年8月4日

季閒

我們的島

民主陽痿，清廉不舉

只剩口號繼續勃起

進出進出時的呻吟聲

他們說是　抗告

2020年8月9日

施文志
臺詞

歲月是名詞
人就是動詞
生活雖是形容詞
生與死卻是介詞

2020年8月15日

張威龍
走過之後

嫌棄人生太多空白
一輩子努力填補色彩
繽紛昏花了雙眼
找不到空白處喘息

2020年8月20日

瘦瘦馬
獨對落日

擁詩筆——如長劍！
劍出，尖上挑著
一丸英雄的落日：
懸在時空的眉角

　　　　　　　　　　　　　　　2020年8月21日

綠喵
鞋櫃

收納船隻的渡口
傾聽旅程冒險故事
編織遠行的綺夢

文靜

隔離

你越來越像

一個太空或太滿的房間

感覺寂寞的時候

就把四面白牆壁拉向自己　取暖

2020年8月22日

漫漁

日常的必需

沒有雨的城市就像沒有節奏的詩

傘　認命地扮演配角

遮住不願想起的部分

或是被遺忘

2020年8月28日

淨芝
一道白色風景

綠油油稻田有鷺鷥走過

成為秋天一道風景

飛過雨絲

而你走過的豈只是風

2020年8月29日

M
迷鷺

這裡，沒有冬季懷了孩子

除了桃花心木的落子旋開無垢的孤寂

我只是一隻鷺，愛早霜的林子

葉堆裡胡亂走進自己的深處

2020年8月29日

9～10月截句選

丁口

喧囂

取自是非的聲音

捲起菸的圈圈

吸著鄉愁

吐出一首閨怨

2020年9月6日

劉金雄

七月

我將心中的恐懼跟黑夜坦白

聽說這是一種治療方式

果然有一隻手

從背後冷冷拍我的肩膀

2020年9月7日

江彧
壹零壹因陽光的挑逗而變得堅硬

拔地而出的魔豆大樓。穿上
俘虜的陽光，宰割縫製成盔甲
鞭打而下的眼神
無需看見，渺小如螻蟻的我

2020年9月7日

聽雨
向日葵團友

掏出情誼
約好一起往地下紮根
你卻抬頭拉長目光
追逐一切發光體

2020年9月11日

心鹿
夭

發芽，不是一張通行證
陽光微笑，不會就許你到老
收下那些人眼角的珠光
離開時，路不會太暗

2020年9月17日

邱逸華
睥睨視角

愛情的路直挺挺
所以加添禁忌
埋設階級與規矩
我看見自己駕著寂寞疾馳而過

2020年9月17日

聽雨
魚腥味

自海底跨步上岸
每一腳都踩出童年喜歡的魚型
你回頭眺望一頭頭遠遊的魚
腥味撲鼻，淹沒故鄉的路

2020年9月18日

胡淑娟
死神

遙遠在彼岸有個模糊身影向我招手
她曖昧的眼神凝視，有股穿透的魔力像是在吸納我
即使棧橋上鋪滿了碎碎的玻璃渣
我踏著滴血的步伐忍痛慢慢向前擁抱她

胡淑娟
另類觀點

皺紋不是
時光無情的刻印
而是妳
曾經大笑的證明

2020年9月19日

瘦瘦馬
用四行寫一匹獨步的狼

第一行，最過癮莫過於像匹狼行走人間
第二行，沒有讚美亦無令人不快的批評
第三行，孤獨是一嚼再嚼津甜的口香糖
第四行，夾著尾巴走從來不是我的背影

後記：
最近，重讀紀弦的詩，其中一篇狼之獨步，三十年來一讀再讀，已可
成誦，每當遇到極度不爽的人或事，就默誦一遍吧！

2020年9月22日

帥麗
風光

他的浴室由黃金打造
驕傲地分享記者
卻說：別錄
輪椅和他的下半部

2020年9月23日

莉倢
沙漏

遺漏了昨日
又回填了今天
時間躲在裡面
沙沙作響

2020年9月25日

陳瑩瑩
襯衫

曬乾溼透的自己
一排扣眼被重新裝上眼珠
與今日正面對視

2020年9月27日

瘦瘦馬
秋

這是用最好的棉絮鋪的雲海
小松鼠嗑著香香的巧果子喲
啁啾的鳥兒吵著很深的安靜
蓊鬱的山林塗上厚厚的霞光

2020年9月28日

鐵人
山裏的星星

「把夢想寫在氣球上，放飛」
（不要放飛，我還握著夢想在手裏）
月下。山裏
孩子的眼睛是一個個孔明燈

2020年9月28日

綠喵
地震

螢幕抖動著思維覺察禪定
書本激動搖頭否認
水族缸以水流輕拍魚背脊
將夜迎回夢的皺褶

2020年9月29日

許俊揚

關關

聽，有聲音，

睡不著的鞋子不要再靠近。

噓，莫說話，

在河之洲，關關雎鳩初鳴。

2020年9月29日

黃士洲

月光與遊子的眼睛發生口角

火焰在時間的邊陲

故事。熊熊的尖叫聲

攪拌瘦弱夜色

老北投的乳房不再堅挺

2020年9月30日

曾廣健
不幸兒童度中秋

提著一盞盞愛心的燈光

柔撫被擦傷的童真

嘻嘻哈哈從香甜的月餅裡蹦跳出來

此時，一輪明月在每顆童心裡冉冉升起

2020年9月30日

玉香
刁民

拒絕瘦肉精

又要挑肥揀瘦

真是

罪過，罪過

2020年9月30日

瘦瘦馬
【臺語截句】窗仔，是厝的目睭

這邊的窗仔

佮彼邊的窗仔

駛目尾：

一邊是查某，一邊是查埔

2020年10月4日

雨靈
大體老師

衝出一陣化學藥劑的情緒

細瞧鋪滿身軀的希臘單字

醫學生的每顆眼球，出入健康

出入徬徨、出入幾張生涯草圖

2020年10月6日

丁口

驚喜

圓的方程式
寫不出日出的美
心愛的物件
流露出千言萬語

2020年10月6日

和權

駱駝穿針眼

時光是
駱駝。詩是針眼
人老了。不妨坐下來
笑看駱駝　怎麼穿過針眼

2020年10月8日

邱逸華

陷溺

剪碎了裹腳布

人們模擬青春豔色

將慾望纏出水蛇腰

愛情卑躬迎合寂寞的尺寸

2020年10月10日

綠喵

韓籍*

自從泥土裡翻身後

什麼場面沒見過！

水裡來、火裡去的冶煉

柔軟的心道地了呆丸*情

2020年10月10日

【註】「韓籍」為番薯臺語的諧音

　　　「呆丸」為臺灣臺語的諧音

瘦瘦馬
【臺語截句】我佮天頂的雲鉸落來

貼佇囡仔的畫圖紙
伊的畫面就有雲的影跡
我恬恬欣賞囡仔畫圖
一隻鳥仔無張持飛入伊的風景區

2020年10月11日

侯思平
只緣身在此山中

誰去深山打獵誰令誰無物
誰是關鍵少數誰又必須散步
誰上山採藥打了霧失了怙誰領悟
誰恃才傲物抄了樹少了路誰又一往如故

2020年10月14日

曾廣健
失眠

靈魂精神奕奕

在夜空中劃向宇宙

探索奧祕的詩鄉

星星說我非法入境

2020年10月14日

丁口
舊事

沒有字的夜

夢的地震

驚醒了我們的暗線

日夜奔走的鄉愁

2020年10月20日

呂白水
手機充電器

讓我拾回失去的人生

2020年10月20日

謝情
閉關謝情

果沒有風你如何翻滾
若使沒有雨你如何騰雲
心將熄燈你如何讀史
愛已打烊你如何寫詩

2020年10月21日

無花
理想中的葬禮

帛金只收現鈔，三人同行一人免費

我禮貌性站著向來賓鞠躬謝禮

每人獲贈遺像

昨日之我躺在棺木裡邊

2020年10月24日

沐沐
四十九

自從你被時間融化天空就沒了

日頭

白天稀哩嘩啦下雨

夜裡稀哩嘩啦下你

2020年10月24日

李昆妙
早安

喜歡初一，吃素的哈欠好圓

喜歡七點十五，洗手間江湖滿地

喜歡日曆撕去了，還活著的感覺

喜歡時間掛在那裡，家徒四壁

2020年10月29日

瘦瘦馬
因為花才看見風的樣子

風的軟梳子，梳我的頭髮

我在懷想，風的長相？

尋暗香來處，孤伶伶一朵

花，在風中微笑

2020年10月30日

11～12月截句選

江美慧

謊言

在時間的泥土裡不斷雜草叢生
只要有幻想的陽光和水
嘴巴就能反覆行使光合作用

2020年11月1日

聽雨

自閉

千招萬式
一個人的江湖

2020年11月2日

鐵人
裙下之臣

及膝的裙腳
擺動在下臺階的懸空瞬間
恍惚該與不該的踏實或飄蕩

2020年11月5日

呂白水
安

在妳的笑容裡
找到我停泊的港灣

2020年11月6日

呂白水
寫詩

猶豫了很久，終於勇敢地
站到妳的面前，妳不語
微笑對我，我的世界
因而充滿想像

2020年11月9日

文靜
誠實的詩與懷疑的你

我很愛她
愛到願意笑著出席她的葬禮
愛到想在她的心裡鑽洞，空空的
又不要把自己放進去

2020年11月10日

胡淑娟
解衣

就剩這層薄薄的絲質
尷尬地，夾在你的挑逗
與我的情慾之間摩挲
感謝春雷震開了它神祕的釦子

2020年11月12日

邱逸華
僅有的一件風衣

每個黃昏他穿上青春
等風起
吹開衣襬
放走鳥聲

2020年11月12日

文靜

你睡著的側影有黑山的神祕
──給熟睡的Y

你和你的夢側躺在夜的草原
沿途有起伏的風景
我在另一面徹夜攀爬
想要越過稜線抵達你眼裡的日出

2020年11月14日

無花

純屬意外

在公車上讀詩
幾個字撞倒乘客
幾個字撞死路人
詩人還在開車

2020年11月17日

無花
腹

我愛的人
心中養鬼
我愛飛鳥
猶勝牠肚中餘刺

2020年11月20日

徐紹維
敬遠

祂知道我從不盜壘
而下一棒，我的未來
總是喜歡一起被雙殺，於是
祂欣慰投出每一顆壞球

2020年11月21日

王政賀

心跳停止的一剎那

清澈平滑的湖是肌膚

倒映在水中的月亮是眼眸

妳用微笑浮出了一把鐮刀

深深刺進了我的心坎

2020年11月21日

和權

駝鈴

孤獨是荒漠的大戈壁

除了狂風沙

只有詩，一聲聲淒美的

駝鈴，陪我不停地走下去

2020年11月23日

趙紹球
愛情

有時候，就像一場太陽雨
有時候傾城就是一大盆雨
最多時候，乾旱缺雨
從來，就不是一場及時雨

2020年11月28日

侯思平
精神導師

給你一記閃電就雷了
給你一個巴掌就神了
再多給你一點遐想
就有一片原野空曠不已

2020年11月29日

徐紹維
美好生命

盯在手機上
釘在手機上
被手機盯上
被手機釘上

2020年11月30日

龍妍
恢復室

當我的呼和吸吵架
燈光像手術刀
我慢慢地躺回我的痛裡
有落葉在耳膜上跳探戈

2020年11月30日

綠喵

貓叫春

日子沒日沒夜地過

人沒天沒地的老

你還停不下嗷叫

把夢都吵醒了

2020年12月3日

李黎茗

稿紙
──雅合林廣老師稿紙

能讓我閒一宿嗎

潦草，輕柔的吻痕

鹹濕著我全身

你的小詩成章了沒

2020年12月5日

林廣

稿紙

成蝶詩稿被鍵入檔案

指紋從此不在格子縱橫、梭巡

也不會有過剩的哀愁

自筆尖，滲出點點刪節號……

2020年12月6日

李瘦馬
【臺語截句】
佇風中聽著鳥仔的叫聲

鳥仔，飛過

比風閣較　輕

伊的叫聲，有幾粒

落佇我曠闊的內心

2020年12月7日

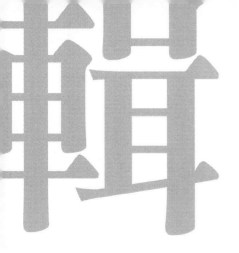

─── 2021年1～6月截句選 ───

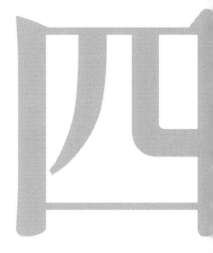

1~2月截句選

李瘦馬

【臺語截句】月光情批

序：

昨昏，是一年上尾一工，規暗攏佇讀李桂媚的臺語詩集
月光情批，每一首詩攏是情詩——有感情的詩，若讀著無
感情的詩，敢若佇舖蠟條、吞沙仔，阮足佮意內底彼首月
光情批，國語講「不敢掠美」，李桂媚的臺語詩寫甲誠
好——親像阮宜蘭人所講的「勁嬌啦」。

規暗，攏佇讀月光彼首
情批，全世界的人攏會
看著，月娘遐爾美麗的
笑容，情人心中鹹酸甜

2021年1月1日

黃士洲
窗。彷如沙漏

白晝　窗　夜幕
晨光從外面　窗　房內的孤寂
啁啾進來　窗　由燈遊了出去

2021年1月5日

忍星
文字的尖叫

臨近旅店咫尺
懸崖，躍上一輪明月
文字搶先尖叫
星光，慢了一甲子。

2021年1月5日

高原

網事知多少

我倆都不夠想對方

於是緣分就這樣拉扯

如試衣間喬胸罩

不是太左就是太右

2021年1月5日

劉木蘭

曼波女郎

迎春花似滴酒窩的纖腰

扭弄盤中的紅蝦浴

輕擰拍子率性的乳暈真冶

莫非明騷易躲，暗賤難防啊

2021年1月6日

心鹿

死

未來宣告棄權

過去早就退場

現在，正式切結

已逾保鮮期

2021年1月7日

高原

心臟復健

別說喝一杯

都戒了煙酒加咖啡

女人真可愛

勃起了無與倫比的存在

2021年1月7日

陳梅雀
風

善於隱藏

任性

戲遊動與靜之間

處處隨性留題　不留答案

2021年1月8日

林廣
旅程

雙層交響樂

窗外流動一個世界

窗內口罩與手機靜止另一世界

2021年1月25日

丁口
出入境

疫情凍結了時間

浪子怎麼回頭

醫院的隊伍

登機口準備起飛

2021年2月2日

林錦成
金門菜刀

一把把觀光菜刀隱隱烙記

各個砲彈落點的傷痕

鵲山郊野的紅心芭樂紅心還在

碑繼續執勤　恆常為無常壓驚…^(註)

2021年2月3日

【註】823砲戰紀念碑，在鵲山。

邱逸華

穿

終究要脫，迎合頸間齒痕

此生若能為你

演繹最後一襲華服

請剪去吊牌放蕩活下去

2021 年 2 月 4 日

張威龍

老巷

把自大的風擠瘦

拉長回家佝僂的背影

故事任你踩踏，永不碎滅

風華在幽暗中，透著微微的光

2021 年 2 月 5 日

邱逸華

闊

他們貓似地幹謁

撕開寬嘴，汩汩分泌

帶潮的詞

往那些推不開的門舌進舌出

2021年2月5日

慕之

融雪的聲音

簷前雪融了

落入無語的溼泥

沉重而清晰地

像我的青春

2021年2月9日

西馬諾

路延伸到哪裡　就去哪裡
臀部上的風景　有的是時間。

惟有嘴唇可以汲取

這一刻不同於下一刻

深入到時間的空穴

高高的寧靜是一本繳了械的書

2021年2月13日

江彧

悲哀的火是虛幻

吞噬床鋪衣櫥沙發電視房子

命令時間去尖叫，乾杯快樂

強迫幸福與自己一起熱舞悲歌

脫光母愛露出乾癟乳房交媾孤寂

2021年2月15日

侯思平

青春的容顏

我寫年輕的詩

以白描勾勒昏昧的年少

偶有烏雲遮日，我想

我想，那只是尚未著妝的春色

2021年2月15日

無花

如果綻開在明日的玫瑰無法擁抱
今天天氣

從前

送花因為有人

如今買花只因

有刺

2021年2月15日

李四郎

佇

天佇窗仔內空闊

狗佇毯仔頂眠夢

心佇紙佮筆之間迌迌

自由佇尊重佮包容裡面開花

2021年2月17日

黃士洲

死亡有勇氣把真相告訴你

有些風對鈴鐺聲感到緊張

言語陷入瘖啞陷阱裡

眼睛把時間抱在懷中

思緒在門窗築巢

2021年2月17日

張威龍
日子

影子在轉角失去蹤影

風，來不及追趕

太陽天天燒烤故事

感動的雨滴，偶爾落淚

2021年2月17日

邱逸華
疫情時代新婚夫妻的蜜月

從地球儀的A至B點

畫出一條夢想的性感帶

而他們只能空躺在雲端上

探著現實的　G點

2021年2月18日

林廣

因為魚尾紋和夢同一顏色

那只是搪塞年老的理由

魚群搖著奇特的尾鰭

是要游向夢裡築巢嗎

孵出的氣泡能把落單的情節包起來嗎

2021年2月18日

紅紅

海與天

我們之間的氣候，藍

就藍成一片，灰就一起灰

我們之間的遼闊，遙

遠成一天，在盡頭相連

2021年2月19日

慢鵝

浪花

粉身碎骨瞬間，花開了
來不及細看礁岩上的激吻，花謝了
淚灑汪洋挽不回曾經
泡沫一下消失的愛

2021年2月20日

春日鳥

女皇

昔日被我在床上征服的弱女子
如今征服了我的帝國

2021年2月21日

林廣

【小說詩】癡呆症

門打開。他走進去

卻發現，被關在門外

抬起頭，海浪洶湧撲來

他以為還在小時候。菅芒又開花了

2021年2月21日

3～4月截句選

侯思平
忘不了

你一直在
我的腦海
一起風
我就浪

2021年3月4日

語凡（新加坡）（Alex Chan）
車

走有時比不走更難
更靠近起點，更遠離天涯
兜不完自己的心，越不過如山的背影
旅行就是遇見時間的輪轉

2021年3月5日

林廣

打呼

歲月節拍器

斷斷，續續

攪碎夢裡千山萬水

2021年3月5日

江彧

鳥囀的鬧鐘

旭陽拿起小葉欖仁的枝椏

以房間春夢的圓窗為鍋

快炒一盤童年的鷓鴣聲

有些夢中受傷的雲需要轉診，滂沱住院土壤

2021年3月6日

文靜
自由年代

跪下是不用學習的
只有站立需要
以古木整個世紀的生命
向天空紮根

2021年3月6日

桑青
領悟

真心的語法有時需要多一點霧
給愛的人慢慢撥開
像株樹離不開四季，只是掉下葉子
像你，樹影裡聽輪迴的風叨叨絮絮

2021年3月7日

語凡（新加坡）（Alex Chan）
眠

最美的死亡，是與你擁抱或被你進入
黑夜是永恆的床
孤獨是陪我下棋喝酒的昏黃月光
活著是平淡的旅行，死是旅行歸來與你吃飯安睡

2021年3月7日

綠喵
吵

公婆因我而分房
強拉路過的真理聚賭
為了面子加碼，灌注大話
輸了裡子不算，輸

2021年3月7日

謝情
透視

肉在砧上攤牌時
皮貼板上聆聽
任你割捨吧
出竅之　魂

2021年3月7日

語凡（新加坡）（Alex Chan）
緣

不時有一些骨骸與血肉吐出體外
在你走過的沙灘和山丘
留下體味和不眠的詩句
等待此後百萬年的知音和勇愛戀人

2021年3月9日

高原

站壁仔

一顆蘋果不斷被靠傷
身上佈滿吸吮過吻痕瘀青
夕陽餘暉斜倚巷口
窟窿眼神等一個貴人

　　　　　　　　　　　　　　2021年3月9日

趙紹球

鎮壓

誰說！子彈不長眼睛？
當修女驚天一跪
所有的冷槍
都射向她身後的孩子。

　　　　　　　　　　　　　　2021年3月11日

林芎

紙燈籠

把夢掛起來吧
我的夢乃是一根細細的蠟燭
燃燒啊燃燒，若非如此
這薄如紙的夜也只是黑而已

2021年3月13日

李瘦馬

花自美

不為什麼而美
美得有香味
像一句詩
從嘴裡吐出

2021年3月13日

姚于玲
牛欄

格裡養的自由，長不大

2021年3月14日

西馬諾
時鐘一直在安靜地走動
潮濕烏雲下　兇猛的裂變
潑灑下斑斕。

風送來光斑和陰影

規律所有明豔

鐘擺為步伐帶來滿臉緋紅

秒針冷靜得不動聲色

2021年3月14日

袁丞修
我是一首詩

可否變成魚

當每次的記憶所剩無幾

我的魚鱗就學會勃起

在每個深夜的暗潮裡，波光粼粼

2021年3月14日

林錦成
高中生

遇見騎單車的通勤少年

曾經拉滿弓弦

將自己射向日出

一塊和土司火腿蛋試聽頭班火車過鐵橋

2021年3月14日

玉香
牛肚

容量比四門冰箱還大
塞進一隻象之前
長頸鹿不需要拿出來
裡面還有整片草原

2021年3月14日

徐紹維
群讚飛翔

有的滿載歸巢，有的高調出發
從嘴角從手指從iPhone
乘著3G、4G、5G的翅膀

2021年3月15日

江彧
晾不乾的日曆

一本詩集慢慢修磨午後過長指甲
記憶定錨在高中制服左肩上的髮絲
有些頭皮的幻肢　深信梳子
十七歲　是一尾會洄游的魚

2021年3月15日

無花
你的眼睛藏不住雲的鱗片

飛翔是主義
獵人拿起槍桿瞄準翅膀是主義
天空是一種主義
鳥是另一種主義

2021年3月17日

玉香
蚊子

昆蟲界的五月天
每一場演唱會
門票通通都是
秒殺

2021年3月18日

胡淑娟
發願

不願是雲煙，剛過眼
也不願是電光，只點亮石火
要成為松汁
熬煉時間的琥珀

2021年3月20日

李瘦馬

【臺語截句】囡仔畫圖

伊問我，鳥仔聲欲按怎畫
我佮石頭搬入去畫中的樹仔跤
畫一個人，恬恬坐佇石頭頂
耳仔，徛起來斟酌聽

2021年3月20日

七龍珠

社畜

跨越河的扁舟　斐濟水之哀愁
也許奴隸小獸
一日兩次點名
死亡是窮人最好的睡眠

2021年3月22日

李瘦馬

剪一匹海的藍絨布

帶回家，貼在臥房的心上
整晚，迴盪的濤聲
摸著耳朵，鹹鹹的
海的手指頭，孩子吮著入夢

2021年3月22日

聽雨

角色

你是片雲
溜達過許多城
爾後你是座城
墨守一片雲

2021年3月23日

呂白水

分手時刻

一直等不到你的認可

我只好按刪除鍵

把自己丟進垃圾車裡

就像春雨誤解了乾涸的水庫

2021年3月25日

遊鍫良

政治之假性交配

春天打著口號進城

裝扮嫣紅花蕊

機車上載著不是別人

粉嫩的塑膠裸女

2021年3月25日

王勇

棉花

子彈射進去
爆開的不是血花
而是繞指的柔情
雲朵裡藏著我的故鄉

2021年3月26日

胡淑娟

掃墓

清明時節
焚燒　紙成　煙
都是先人
模糊了五官的臉

2021年3月26日

胡淑娟
時間彈力

時間是有彈力的
緊緊蜷曲時
只握住了死亡的影子
鬆開來則全部是生命的光

2021年3月26日

無花
黑洞

路和路人
天空和雲
還有樹枝
文學和文學獎

2021年3月26日

林廣
公案

一顆橘子假裝在打坐
假裝染黃的湖水是蒲團
路過的鯽魚斜睨橘子一眼說道：
我知道你是什麼。別裝了

2021年3月26日

粉紅凱諦貓
山拳擊者

選手齊聚高山
山川峻嶺左一拳地牛
右一鉤拳山崩
擊敗所有參與者，惟獨天父挪開高山

2021年3月27日

聽雨

生活

誰　沒折腰
誰沒　折腰

2021年3月27日

綠喵

難處

日子在日曆上公開飄忽而過
生活在屋子內暗地裡想方
設法默默支撐

2021年3月28日

成孝華
COFFEE TIME

一個人，一杯滴漏
墜滿時光的冰與火
那些念珠散落的液體如海
裝得下你，又裝不下你

2021年3月29日

和權
雨中小紅花

許諾來生，要再相會
那是妳嗎？窗外
綠葉間　一朵深深凝眸的
小紅花

2021年3月31日

王勇

防疫

從來未曾想過

呼出一片天空

吸入一遍草原

竟是如此奢侈

2021年4月2日

張威龍

心扉

暗夜的天空是個藏寶箱

月亮是唯一的鑰匙孔

每個凝眸都是一把鑰匙

靜靜的夜晚，悄悄的打開

2021年4月7日

許藍金
春水

映著
春山的面容
波搖千里
兀自吶喊

2021年4月7日

龍妍
你我之間的截句

麻雀幹擾我讀你的訊息
春蟬以薄翼回答
貓弓起身咬走滑鼠，報復
我將你的魚骨藏在喉嚨

2021年4月15日

無花

許願板

病房外的號碼堆疊心願的厚度

隨手關上生死門

祝地球生津　願月亮止渴

潮汐是天地勾過手指的契約

2021年4月17日

文靜

房思琪的初戀樂園

草原上的一根巨石

插入整片星空

夜的深處有無數個第三隻眼睛

過期的童謠一閃一閃

2021年4月17日

黃士洲
寫詩

靈感在紙上打起水漂兒
一　字　一　　跳
盪出時間的漣漪

　　　　　　　　　　　　　　2021年4月18日

沐沐
股市投資祕笈

首先你不能怕水
記得換氣的節奏
手腳伸長頭部降低

最重要的，別相信太帥的救生員

　　　　　　　　　　　　　　2021年4月20日

侯思平

深夜食堂

打開衣襟，裡面的禮物
與自己的想像毫無關連
好比生活一日三餐
喜歡的，都不在菜單裡

2021年4月25日

月半月半

有些人的自信

不是一般氣球
爆破談何容易
我口袋裡的一根針
用盡力氣，才打消出征的起意

2021年4月26日

邱逸華

小

被緣分擠掉
是小最大的不幸
在你胸口乾掉的一粒飯
是我，堅持黏住的吻痕

　　　　　　　　　2021年4月30日

5～6月截句選

李瘦馬

覺悟

想了一輩子　生死

問題　竟只似

微笑的頭皮屑啊

飄落

2021年5月2日

邱逸華

炒飯

熱油翻過每一粒島

春天就醬色了

逢迎鍋氣，世故而焦灼

純潔不過是昨夜的冷飯

2021年5月2日

胡淑娟
天機

表相是最曖昧的深度

沉默的內裡

有著寂靜的喧嘩

空，也不空

2021年5月2日

無花
前度

我無法為通訊錄上每個刪除的字

清晨翻身

推背曬太陽

半夜飽飽打嗝

2021年5月3日

邱逸華

現任
——雅和無花〈前度〉

為此時的感情狀態套上指環
脫下翅膀
不再澆花
將馬拴在城外

2021年5月3日

明月

祝福

那日，告別式佛號
我把心事安釘在棺木
窗外浮漂的荷葉，搖晃
如煙往事，納入幸福存摺

2021年5月3日

文靜
給Y與自己

安靜的單腳玻璃杯
用溫和的角度斟滿
日子。偶爾想像
破碎是另一種行走

2021年5月4日

玉香
不好意思

漲紅的臉
深藏在口罩裡
那顆心已搭上自由落體
不敢，尖叫

2021年5月4日

曾廣健
眼睛

可以把整個世界

搬入其中

可是　卻不允許僅一滴

淚　存在

2021年5月7日

胡淑娟
至愛

最偉大的情詩

沒有語言

只是從口中

飛出了一枚彩蝶

2021年5月7日

明月
別離

去年此時，月臺別離
星星串成淚珠，不時與晚風
對話，漫天飛舞的星斗
收納整個宇宙

2021年5月9日

劉祖榮
辛醜立夏

立夏在一夜雨後抵達
春天的長裙仍舞動在遠方山際
涼風像安撫穿過3樓的陽臺
沒戴口罩的人俯望著滿街戴口罩的人

2021年5月9日

邱逸華

翻身

扣子鬆口以後終於沉默
淺層如他們，無力詮釋
何以島嶼翻身的每種姿勢
均非正常能量釋放

2021年5月11日

忍星

留一條縫隙

懊悔自行縮小

鑽進去，補牆

流溢出井深的時光

回填，凹陷的眼眶

2021年5月11日

玉香

留一條縫隙
——雅和忍星同題詩

把眼睛瞇成一條線

讓月光穿過，厚實的牆

看見那頭母親的身影

在夢裡不斷，搖晃

2021年5月12日

李瘦馬

行囊裡的落日
──雅和白靈老師同題詩

走到天涯海角的旅人

從行囊裡取出落日

把它裝在遠遠的天邊

孤獨的人兒，至少還有落日陪著

2021年5月12日

無花

大尺碼洋裝

能裝下的都裝下了

蝴蝶袖、副乳，搖晃地球的傲

能裝瞎的都裝瞎了

超大瓶裝的斜眼，緊身無尺碼的歧視

2021年5月12日

項美靜

無題

今夜的出軌，不被指責

這是情花催產的中元

指尖下演詮的這場艷遇

如夜來香

只在墨色中暈開

2021年5月13日

謝美智

葉子往那飛

最不能吞忍的是刻意的試探

面對甩巴掌的凌遲

一片綠葉戴上耳塞

不想知道風的去向

2021年5月14日

王婷

抽象

風雨中
在眼和心之間
遇見
一個不完整的眼神

2021年5月15日

玉香

疫情

獅子還在開會討論
該怎麼搞烏龍
就已經人聲頂肺
無法控制了

2021年5月16日

邱逸華

過節

紀念日敲出回聲
竹槓也空洞空洞
同吹的蠟燭熄滅在
愛恨共用的節骨眼

2021年5月17日

林廣

魚尾紋

那是耳朵聽不見的尾韻
輕輕，從眼睛遊出來
定居在時間漸漸荒蕪的邊陲

2021年5月19日

謝美智

荷必再來

靚花是妳，風中醒目的詩眼

皆因風起，分合也難

淤泥是我，臍帶供給養份

還慘遭汙名化，永遠上不了檯面

2021年5月19日

無花

手拍黃瓜

日子仍在居家，得撐住那點綠意

一把糖醃漬生活的脆度

往最硬的地方拍下

一手決定疫情的大辣還是小辣

2021年5月21日

無花
萬物生

一條魚
路過早餐的餐盤
路旁阿勒勃花開了一點
路上行人腳步謝了一點

2021年5月21日

邱逸華
疫外的春天

不再通勤的早晨
他們各自在封鎖線上施肥
等三級的玫瑰盛開在四級的領地
他們便做完所有春天的事

2021年5月23日

無花
當今世上

剩下空調和雙層巴士在貓步

街道戴好戴滿了口罩

狗找不到老鼠說話，一如

化學兵與消毒後的行人保持社交距離

2021年5月24日

漫漁
ON
——雅和無花〈當今世上〉

我爬上你內心的第二層

整個車廂只有一個人

人多　有比較不好嗎？

沒有回應　你OFF很久了

2021年5月24日

高原

施工中

死神踩空跌個倒栽蔥
前擋玻璃拋接了點名簿
煞車聲撕裂寧靜夜
貓叼走了他一臉錯愕

2021年5月24日

明月

寂靜

窗外的風雨暗藏一滴
淚水，聆聽疫情的呢喃
只留，屋簷藍鵲的身影
收納了寂靜的巷弄

2021年5月25日

張書嵋
悶。熱

95%隔離世界的　口罩

以半死亡狀態持續　存活

用剩下三分之一的　氧氣

點燃一束悶聲不響的　夏季

2021年5月27日

無花
晾衫

去掉水份的日子

乾的地方像鹹魚翻著

撐著夾著

不讓最緊的部分再掉落海

2021年5月27日

高原
心鎖

船已經出航
心還停泊在港灣
綿綿情話輕咬沉睡耳垂
誰在夢裡下了錨

2021年5月27日

謝美智
愛情易開罐

空罐遲早被踩扁回收
愛情是膨脹的氣體
輕扯拉環，貪婪的他
還想免費再來一瓶

2021年5月27日

玉香

生之截句
——雅和雲朵老師同題詩

個個都是闖空門而來
一絲不掛地
奪走所有的喜怒哀樂
還任憑他們予取予求

2021 年 5 月 28 日

謝美智

肉蒲團

盤坐燈心草編織的蒲團
演繹凹與凸的幻相
未央生，獻祭劣根
撞擊人間的空與無

2021 年 5 月 29 日

木子
聽雨

這是老天的恩賜
下個雨都這麼好聽

2021年5月30日

呂白水
新冠疫苗

不知道你們卡在哪一關
或者是已被消音
我們逐漸將自己　等成
一罐骨灰

2021年5月31日

李宜之
往事

老在流浪裡的青春

在記憶的地平線

若隱若現

2021年6月4日

建德
年年有今日

歷史已裝上整幅假牙

時代的乳齒只啃得動甜食

將零價值的日子削薄

一半餵狗，一半拋給牆外咆哮的人

2021年6月4日

和權

失題

黑夜裏。街燈是

一種奇跡

你啊你

焉能不鑄造輝煌？

2021年6月4日

夏蟲

截句

截取了殺青

已烘烤的詩句

放大看

仍是拮据。

2021年6月5日

郭至卿

魚尾紋
──雅和林廣老師同題詩

時間倚在身上，黏膩如戴上手銬
滲入腳底，一起編寫掌紋
走累了，沿膝蓋骨往上爬
柏拉圖式情人，斜枕你眼窩旁長吻

2021年6月6日

和權

宅家小日子

讀書　抄經
種春天　養鳥鳴
心很簡單。人
看似糊塗　活得還像自己

2021年6月7日

明月
蝸牛

用捲曲的身子，遊走詩壇
攀爬一行繞過兩行
穿越三個出口
站在四行迎接風的啟示

2021年6月8日

胡淑娟
銅像

你從來都不怕淋濕
也不想用氧化了的手擦拭
因為眼睛裡的雨
是歷史嗚咽千年的淚滴

2021年6月9日

劉祖榮

用花敞開一天的心情

所有的美都聚攏在那裏

夜的津液，畫的初心

仍未染塵的芬芳

一朵朵似醒非醒的夢

2021年6月13日

劉祖榮

濤聲依舊

我把一座海洋

養在客廳，有事

沒事，就用眼睛聆聽

呼吸的浪拍

2021年6月13日

趙紹球

糉情

詩人與我
有著多角形的
距離。關係
只在手與口之間

2021年6月14日

默山

詩人節

不見你在江邊煮字
孤獨身影鎖在楚辭
滿腹離騷的詩人啊
釣客釣不著你的詩句

2021年6月14日

紅紅
綁縛術

綑綁是流傳千年的藝術

馬甲綁好，小腳綁好，犯人綁好…

沒人理的頭髮綁好，口罩面罩綁好

端午節吃宅配肉粽，待在家把自己綁好

2021年6月14日

明月
戀人

靜靜的把夜摟住

與晚風眨眼

車影轉彎巷弄

諦聽，漸行漸遠的腳步

2021年6月15日

龍研
井

巷口老邁的井，沙啞了
渴了，被封印的老故事
風路過，延著磚石尋覓著
年輕時掉落在井中的月亮

2021年6月15日

蔡永興
地位

以前我很自卑　　低調
現在我常大叫　　我叫地瓜
我沒變　　是吃我的人變了

2021年6月16日

沒之
標準？

時空背景不同
讓高位者標準有時也跟著浮動
上升的是我的選擇
下沉的是人民生命無聲地殞落

2021年6月16日

沒之
甩鍋　　和確診者

那些闖禍的破口
從桃園唰一聲飛到萬華了
鍋裡沸騰又沉默的亡魂
只能成為記者會冰冷喑啞的隱憂

2021年6月16日

周駿城

確診者

症狀在黑夜的影子裡行走
人人都是帶著面具的小丑
驚懼、懷疑以及恐慌被內外隔離
還沒有診斷的他們說疫苗值得守候

2021年6月16日

趙紹球

海市蜃樓

水靜
有雲在河裏汲水
河飛
無明竟隨髮飄起

2021年6月16日

龍妍
是日已過

日曆沒有虛線
撕下，一排鋸齒
咬去今天睡前的夢

2021年6月16日

余問耕
愛情絕句

內衣。情人的笑與淚
欲雨非雨的風雲。曖昧
夏天。我們都在燃燒自己
冷夜愈亮愈短的紅燭。淋漓

2021年6月17日

凱遞貓
疫情耳鳴

疫情竊竊私語
轟轟隆隆傳入轉角
盪起漣漪，埃及斑蚊與Ｘ蚊高談闊論
後疫情消毒　連蚊聲都不放過

2021年6月17日

林廣
在午夜空曠的城市找尋端午

只是一條溪流的味道
跟著自己的影子，在柏油路
流動。因為一個預感失去方向
眼睛盡處的蘆葦叢突然驚起一群斑鳩

2021年6月17日

邱逸華
外送

春光、月色、包裝精巧的故事

欲望有多宅

就有多少物件黥上門牌

集體消費這時代的眼淚

2021年6月17日

蔡履惠
道德

自從成為橡皮擦

他就宣誓絕不

說出被他擦掉的祕密

2021年6月18日

黃士洲

撐著彷若傘骨的睫毛

雨的線條

是透明的斑馬線

相思安全抵達

永遠在對街的妳

2021年6月19日

沒之

背鍋的獅子

阿公店那隻獅子只是不小心路過

哪裡知道原來有人不喜歡

所以把一口墨綠的鍋染了顏色

還趁大家喝茶時讓他背著沿途卸貨

2021年6月20日

明月

疫
——致已逝的友人

你選擇無人的門窗
等待，即將熄滅的燈火
準備在冬季裡安眠
焚化爐為你最後一次，唱名

2021年6月21日

蔡永興

賭城　睹晨

這麼的寧靜
怎會想到夜裡的殺伐　那般的血光
翻開口袋裡層　憶起掏光的所有
心空了　才看到

2021年6月21日

林廣

蒐集文字漂流的聲音

沒有押韻的歌
習慣在臉書漂流黑夜
那樣的孤獨像浮木
跟我的孤獨碰觸又　無聲分別

2021年6月24日

楚淨

心的光在角落

風諷刺地翻閱時間
荒蕪就遼闊了
夢田的光漸漸由夏轉秋
澹泊卻來不及繁華

2021年6月24日

劉驛
夜讀

詩睡著了
每一個文字都擁著自己的睡姿
燈，懸在月上
靜靜照亮每一句醒來的鼾聲

2021年6月27日

沐沐
確診

1.課堂上偷瞄他
2.他走近時會加速呼吸
3.厭惡每一個靠近他的臭女生
4.夜裡反覆夢見這些

2021年6月29日

【作者索引】

蕭郁璇　整理

說明：

1. 本索引為方便上網搜尋，儘量按作者在臉書上的取名方式排列，括弧中並附此截句選集中的筆名，日期按發表年／月／日。境外作者另加國名或地區名。

2. 因本選集中輯一至輯四的每首詩末均附年月日，故索引如'20／01／12即2020年1月12日。查詢詩作請按年及月份，如2019年7月及8月，在輯一查詢，逐日尋索即可。如2021年1月及2月，在輯四查詢，逐日尋索即可，以此類推。

A

Alex Chan（語凡，新加坡）
'19/07/07、'19/07/08、
'19/07/12、'19/07/13、
'19/08/15、'20/04/08、
'21/03/05、'21/03/07、
'21/03/09
Antonio（Antonio Antonio）
'19/08/13

C

Chamonix Lin
'19/10/06、'19/12/26

D

Dino Blue（月半月半）
'21/04/26

G

Gloria Chi
'19/12/08
Gordon Lin（慢鵝）
'21/02/20

J

John Lee
'20/07/29
Jian Teck（建德，馬來西亞）
'21/06/04

K

Kenken Vn（曾廣健，越南）
'20/09/30、'20/10/14、
'21/05/07
Kain Huang（雨靈）
'20/10/06

Kitkeung Chan（春日鳥）
'21/02/21

L

Linda Leaming（Linda）
'19/12/03

M

Michael Tsai（語凡，臺灣）
'20/06/17
Mavis Mo(M)
'20/08/29'
Mindy Chen（慕之）
'21/02/09
Mars Chien（沒之）
'21/06/16、'21/06/20

P

Peilin Lee（漫漁）
'19/09/25、'19/10/03、
'19/10/14、'19/11/19、
'19/11/29、'19/12/09、
'20/01/02、'20/01/27、
'20/02/14、'20/02/26、
'20/03/03、'20/03/21、
'20/04/18、'20/05/22、
'20/07/25、'20/08/28、
'21/05/24

S

Sky Red
'19/09/19、'19/10/23
Stephen Yap（宇軒，馬來西亞）
'19/10/16

T

Teo Lay Sze（海角）
'19/07/09

Ttmc Chan（鐵人，香港）
'19/11/10、'19/12/09、
'20/09/28、'20/11/05

兩劃

丁口（Rui-shin Chang）
'20/08/01、'20/09/06、
'20/10/06、'20/10/20、
'21/02/02
之宇
'20/04/17
了雪玄（綠喵）
'20/08/22、'20/09/29、
'20/10/10、'20/12/03、
'21/03/07、'21/03/28

四劃

王婷
'20/01/20、'21/05/15
王勇（菲律賓）
'19/09/17、'19/09/20、
'19/12/26、'20/01/06、
'20/03/12、'20/03/13、
'20/04/08、'20/07/05、
'20/07/07、'20/07/12、
'21/03/26、'21/04/02
王錫賢
'19/09/26
王仲煌（Joseph Ong，菲律賓）
'20/01/01
王政賀
'20/11/21
丹夢君（I-Ming Nien）
'20/02/17

五劃

石墨客
'19/09/27

六劃

西馬諾
'19/07/07、'19/07/17、
'19/08/26、'20/02/16、
'20/04/11、'20/07/01、
'20/02/13、'21/03/14

成孝華
'21/03/29

江彧
'20/09/07、'21/02/15、
'21/03/06、'21/03/15

江詠馨（粉紅凱諦貓）
'21/03/27、'21/06/17

朱介英
'19/08/24

朱隆興（七龍珠）
'20/03/13、'20/04/18、
'20/06/29、'21/03/22

七劃

何岸（銀子）
'20/06/30、'20/07/11

呂白水（KC Lu）
'20/07/12、'20/10/20、
'20/11/09、'21/03/25、
'21/05/31

余問耕（Wengeng Yu，越南）
'20/06/26、'21/06/17

李四郎
'21/02/17

李文靜（文靜）
'20/02/15、'20/02/17、
'20/02/22、'20/05/30、
'20/06/04、'20/06/28、
'20/07/12、'20/08/22、
'20/11/10、'20/11/14、
'21/03/06、'21/04/17、
'21/05/04

李宗舜（馬來西亞）
'20/04/19、'20/04/21

李宜之（I-chih Lee）
'19/10/29、'20/01/06、
'20/02/03、'20/04/16、
'21/06/04

李淨芝（淨芝）
'20/08/29

李昆妙
'19/12/25、'20/07/05、
'20/10/29

李黎茗（Lee Li Ming）
'20/12/05

吳錫和（瘦瘦馬，李瘦馬）
'19/07/05、'19/07/07、
'19/07/14、'19/09/30、
'19/12/13、'19/12/17、
'20/01/03、'20/01/08、
'20/01/27、'20/03/27、
'20/05/03、'20/07/12、
'20/09/22、'20/09/28、
'20/10/04、'20/10/11、
'20/11/01、'20/12/07、
'21/01/01、'21/03/13、
'21/03/20、'21/03/22、
'21/05/02、'21/05/12

吳詠琳（梧桐）
'20/07/29

吳康維
'19/07/13

吳啟銘（林廣）
'19/09/29、'20/01/12、
'20/04/15、'20/12/06、
'21/01/25、'21/02/18、
'21/02/21、'21/03/05、
'21/03/26、'21/05/19、
'21/06/17、'21/06/21

吳默京（默京）
'19/10/05

吳添凱
　'19/12/28
杜文賢（卡夫，新加坡）
　'19/07/05、'19/08/03、
　'19/08/05、'19/09/07、
　'19/10/05
沐沐陳（沐沐）
　'19/08/11、'20/02/09、
　'20/02/29、'20/03/28、
　'20/10/24、'21/04/20、
　'21/06/27

八劃

和權（菲律賓）
　'19/07/06、'19/07/14、
　'19/08/07、'19/10/06、
　'19/12/29、'20/01/08、
　'20/01/28、'20/02/28、
　'20/03/09、'20/03/24、
　'20/05/18、'20/07/25、
　'20/07/29、'20/10/08、
　'20/11/23、'21/03/31、
　'21/06/04、'21/06/07
邱逸華
　'19/07/06、'19/07/14、
　'19/07/16、'19/09/24、
　'19/12/25、'20/02/27、
　'20/04/07、'20/02/28、
　'20/04/20、'20/03/24、
　'20/05/27、'20/09/17、
　'20/10/10、'20/11/12、
　'21/02/04、'21/02/05、
　'21/02/18、'21/04/30、
　'21/05/02、'21/05/03、
　'21/05/02、'21/05/11、
　'21/05/17、'21/05/23、
　'21/06/17
林芍
　'21/03/13

林沛
　'20/02/08、'20/03/13
季閒
　'20/08/09
林伯霖
　'20/01/10
林錦成
　'19/08/01、'20/03/01、
　'20/03/09、'21/02/03、
　'21/03/14
林靈歌
　'19/08/24、'19/08/25、
　'19/08/28、'19/09/01、
　'19/09/03
洪木子（木子）
　'19/12/29、'20/07/20、
　'21/05/30
周忍星（忍星）
　'20/03/24、'20/04/23、
　'20/07/07、'21/01/05、
　'21/05/11
周駿城
　'21/06/16

九劃

紅紅（朱名慧）
　'19/08/09、'19/10/03、
　'19/10/27、'20/01/26、
　'20/05/25、'21/02/19、
　'21/06/14
姚于玲（Sally Yeow，馬來西亞）
　'20/04/08、'20/04/17、
　'21/03/14
胡淑娟
　'19/07/16、'19/10/08、
　'19/10/13、'19/11/13、
　'19/12/06、'19/12/16、
　'19/12/27、'20/03/24、
　'20/04/15、'20/05/20、

作者索引 347

'20/06/23、'20/07/14、
'20/07/15、'20/07/28、
'20/09/18、'20/09/19、
'20/11/12、'21/03/20、
'21/03/26、'21/05/07、
'21/06/09

施文志（菲律賓）
'19/09/04、'19/09/07、
'19/10/01、'19/10/30、
'19/11/02、'20/02/09、
'20/03/20、'20/04/08、
'20/08/15

柯柏榮（Pek-êng Koa）
'19/09/04、'20/02/10、
'20/02/14、'20/02/28、
'20/03/02、

十劃

高原
'19/08/03、'19/11/09、
'19/12/28、'20/01/28、
'20/02/01、'20/02/08、
'20/02/15、'20/03/07、
'20/03/10、'21/01/05、
'21/01/07、'21/03/09、
'21/05/24、'21/05/27

桑青
'19/12/29、'20/06/18、
'20/06/30、'21/03/07

袁丞修
'21/03/14

侯思平
'19/11/08、'20/05/18、
'20/06/30、'20/10/14、
'20/11/29、'21/02/15、
'21/03/04、'21/04/25

殷建波（馬來西亞）
'19/07/07

徐玉香（玉香）
'19/08/31、'19/09/11、
'19/09/25、'19/10/21、
'19/12/07、'19/12/29、
'20/02/06、'20/03/05、
'20/03/22、'20/03/25、
'20/07/12、'20/09/30、
'21/03/14、'21/03/18、
'21/05/04、'21/05/12、
'21/05/16、'21/05/28

徐紹維（Shau Wei Hsu）
'19/09/28、'19/11/17、
'20/11/21、'20/11/30、
'21/03/15

秦宇謙（夏虫）
'21/06/05

十一劃

雪赫
'20/07/11

許曉嵐（曉嵐）
'19/07/08、'19/08/25、
'19/08/31、'19/09/07、
'19/10/25

許哲偉
'19/08/10、'19/08/26、
'19/08/28、'19/09/26、
'19/09/28、'19/10/17、
'19/11/11、'19/11/17、
'20/02/03、'20/02/29、
'20/03/05

許廣燊
'20/07/30

許俊揚
'20/09/29

許藍金
'21/04/07

郭至卿（Lin Scott）
'21/06/06

黃士洲
　'19/07/13、'19/12/14、
　'20/01/04、'20/02/04、
　'20/03/12、'20/04/18、
　'20/07/05、'20/09/30、
　'21/01/05、'21/02/17、
　'21/04/18、'21/06/19
黃莉倢（莉倢）
　'20/09/25
黃淑美（明月）
　'21/05/03、'21/05/09、
　'21/05/25、'21/06/08、
　'21/06/15、'21/06/21
無花（蕪花，新加坡）
　'19/08/08、'19/10/02、
　'19/10/06、'19/10/25、
　'19/11/12、'19/12/26、
　'20/02/09、'20/02/28、
　'20/04/19、'20/05/31、
　'20/05/31、'20/07/25、
　'20/10/24、'20/11/17、
　'20/11/20、'21/02/15、
　'21/03/17、'21/03/26、
　'21/04/17、'21/05/03、
　'21/05/12、'21/05/21、
　'21/05/24、'21/05/27
陳子敏
　'20/01/04
陳瑩瑩
　'20/06/30、'20/09/27
陳麗格（麗格）
　'19/09/01、'19/09/28
陳培通
　'20/02/15、'20/07/15
陳建宇（石秀淨名）
　'20/02/15
陳梅雀
　'21/01/08

張天錫（餘響）
　'20/05/07
張舒嵎
　'20/04/17、'20/05/23、
　'21/05/27
張威龍
　'20/07/17、'20/08/20、
　'21/02/05、'21/02/17、
　'21/04/07
張顯廷（默山）
　'20/03/09、'21/06/14
荷塘詩韻
　'20/02/02、'20/04/20

十二劃

游鰲良
　'19/09/07、'21/03/25
曾美玲
　'19/12/17
項美靜
　'20/08/04、'21/05/13
齊世楠（齊樂）
　'20/02/03

十三劃

溫智仲
　'20/02/15

十四劃

熊昌子（江沐昌）
　'19/07/12
楚淨
　'21/06/24
寧靜海
　'19/08/02、'19/10/09、
　'19/10/17
趙紹球（馬來西亞）
　'19/10/31、'19/02/14、

'20/11/28、'21/03/11、
'21/06/14、'21/06/16
龍妍
'19/12/27、'20/11/30、
'21/04/15、'21/06/15、
'21/06/16

十五劃

蔡永興
'21/06/16、'21/06/21
蔡履惠
'21/06/18
劉驊（George Liu）
'21/06/27
劉木蘭（Ivy Liew）
'21/01/06
劉金雄
'19/07/14、'19/09/29、
'19/12/09、'20/06/14、
'20/09/07
劉梅玉
'19/11/23、'20/04/01
劉祖榮
'21/05/09、'21/06/13

十六劃

澤榆（Tey Jack Yi，馬來西亞）
'19/07/09、'19/09/18、
'19/09/26、'19/12/27、
'20/03/07、'20/03/10、
'20/07/05
雲朵
'19/12/31、'20/02/04、
賴文誠
'20/03/11
賴鳳嬌（鳳嬌）
'20/02/22、'20/03/14、
'20/04/17、'20/07/28

十七劃

謝情
'20/04/21、'20/05/23、
'20/07/17、'20/07/29、
'20/10/21、'21/03/07
謝美智
'21/05/14、'21/05/19、
'21/05/27、'21/05/29
薛心鹿（心鹿）
'20/05/08、'20/05/22、
'20/09/17、'21/01/07

十八劃

簡淑麗（帥麗）
'19/12/29、'20/09/23

十九劃

譚仲玲（仲玲，越南）
'20/02/18、'20/06/20

二十劃

蘇榮超（Wingchiu Soo，
菲律賓）
'19/12/26、'20/02/13

二十一劃

聽雨（Swee Hoe，馬來西亞）
'19/07/11、'20/05/30、
'20/09/11、'20/09/18、
'20/11/02、'21/03/23、
'21/03/23、'21/03/27

語言文學類　截句詩系46　PG2727

疫世界
——2020～2021臉書截句選

主　　編/白　靈
責任編輯/石書豪
圖文排版/蔡忠翰
封面設計/蔡瑋筠

發 行 人/宋政坤
法律顧問/毛國樑　律師
出版發行/秀威資訊科技股份有限公司
　　　　　114台北市內湖區瑞光路76巷65號1樓
　　　　　電話：+886-2-2796-3638　傳真：+886-2-2796-1377
　　　　　http://www.showwe.com.tw
劃撥帳號/19563868　戶名：秀威資訊科技股份有限公司
　　　　　讀者服務信箱：service@showwe.com.tw
展售門市/國家書店（松江門市）
　　　　　104台北市中山區松江路209號1樓
　　　　　電話：+886-2-2518-0207　傳真：+886-2-2518-0778
網路訂購/秀威網路書店：https://store.showwe.tw
　　　　　國家網路書店：https://www.govbooks.com.tw

2021年12月　BOD一版
2022年1月　BOD二版
定價：450元
版權所有　翻印必究
本書如有缺頁、破損或裝訂錯誤，請寄回更換

讀者回函卡

國家圖書館出版品預行編目

疫世界——2020-2021臉書截句選 / 白靈主編. --
　　一版. -- 臺北市：秀威資訊科技股份有限公司,
2021.12
　　　面；　公分. -- (語言文學類) (截句詩系 ; 46)
　　BOD版
　　ISBN 978-626-7088-19-7(平裝)

863.51　　　　　　　　　　　　110020838